Tucholsky Wagner Zola Scott Sydow Freud Schlegel
Turgenev Fonatne
Twain Wallace Walther von der Vogelweide Fouqué Friedrich II. von Preußen
Weber Freiligrath Frey
Kant Ernst
Fechner Weiße Rose von Fallersleben Richthofen Frommel
Fichte Hölderlin
Engels Fielding Eichendorff Tacitus Dumas
Fehrs Faber Flaubert Eliasberg Ebner Eschenbach
Feuerbach Maximilian I. von Habsburg Fock Eliot Zweig
Ewald Vergil
Goethe Elisabeth von Österreich London
Mendelssohn Balzac Shakespeare Dostojewski Ganghofer
Lichtenberg Rathenau Doyle Gjellerup
Trackl Stevenson Hambruch
Mommsen Tolstoi Lenz Hanrieder Droste-Hülshoff
Thoma von Arnim Hägele Hauff Humboldt
Dach Verne Hauptmann
Karrillon Reuter Rousseau Hagen Gautier
Garschin
Damaschke Defoe Hebbel Baudelaire
Descartes Hegel Kussmaul Herder
Wolfram von Eschenbach Dickens Schopenhauer Rilke George
Bronner Darwin Melville Grimm Jerome Bebel Proust
Campe Horváth Aristoteles Voltaire Federer Herodot
Bismarck Vigny Barlach Heine
Gengenbach Tersteegen Grillparzer Georgy
Storm Casanova Lessing Langbein Gilm Gryphius
Chamberlain Lafontaine
Brentano Claudius Schiller Kralik Iffland Sokrates
Strachwitz Bellamy Schilling
Katharina II. von Rußland Gerstäcker Raabe Gibbon Tschechow
Löns Hesse Hoffmann Gogol Wilde Vulpius
Luther Heym Hofmannsthal Gleim
Roth Klee Hölty Morgenstern Goedicke
Luxemburg Heyse Klopstock Kleist
Machiavelli La Roche Puschkin Homer Mörike Musil
Navarra Aurel Musset Horaz Kraft Kraus
Nestroy Marie de France Kierkegaard
Lamprecht Kind Kirchhoff Hugo Moltke
Laotse Ipsen Liebknecht
Nietzsche Nansen
Marx Lassalle Gorki Klett Ringelnatz
von Ossietzky May Leibniz
vom Stein Lawrence Irving
Petalozzi Knigge
Platon Pückler Michelangelo Kafka
Sachs Poe Liebermann Kock
de Sade Praetorius Mistral Zetkin Korolenko

Der Verlag tredition aus Hamburg veröffentlicht in der Reihe **TREDITION CLASSICS** Werke aus mehr als zwei Jahrtausenden. Diese waren zu einem Großteil vergriffen oder nur noch antiquarisch erhältlich.

Symbolfigur für **TREDITION CLASSICS** ist Johannes Gutenberg (1400 — 1468), der Erfinder des Buchdrucks mit Metalllettern und der Druckerpresse.

Mit der Buchreihe **TREDITION CLASSICS** verfolgt tredition das Ziel, tausende Klassiker der Weltliteratur verschiedener Sprachen wieder als gedruckte Bücher aufzulegen – und das weltweit!

Die Buchreihe dient zur Bewahrung der Literatur und Förderung der Kultur. Sie trägt so dazu bei, dass viele tausend Werke nicht in Vergessenheit geraten.

Sisto e Sesto

Heinrich Federer

Impressum

Autor: Heinrich Federer
Umschlagkonzept: toepferschumann, Berlin

Verlag: tredition GmbH, Hamburg
ISBN: 978-3-8424-0463-2
Printed in Germany

Am Fuss der sibyllinischen Berge, im einsamsten Winkel der Abruzzen, brach am Vorabend einer Tour auf den Monte Priore ein Regenwetter so sündig grau und frostig und unermüdlich los, dass mein Begleiter und ich mehrere Tage in einem kirchen- und wirtshauslosen Nest zwischen den vier dunkeln, vom offenen Feuerherd durchrauchten Wänden eines Ziegenbauern zubringen und uns die Zeit mit den wilden Sagen der dutzendköpfigen Gemeinde, die hier zusammenhockte, und mit ihrem ebenso wilden Wein vertreiben mussten. Diese alten Berichte, halb Geschichte halb Legende glichen dem Rauch der düstern Stube oder dem Nebel vor den Fenstergitterchen in Farbe und wirrem Geknäuel. Sie schlichen auch so schwer und gespenstisch an den festen Wänden der Vergangenheit zur Diele empor, verdichteten sich oben zu unheimlichen Fratzen oder Drohfiguren und lösten sich nur langsam und gleichsam gegen ihre böse Seele am Ende in leichten blauen Dunst auf.

In diesen Berglegenden spielte das gesetzlose, verwilderte Element, sei es im Wasser oder Feuer oder Tier oder Menschen, die vorderste Rolle. Tote gingen um und bellten wie Wölfe, der Teufel kam in Blitz und Sonnenschein, der Himmel redete, die Gipfel des Gebirgs rauchten wie der Sinai, und bald unterirdisch, bald überweltlich erscholl Musik, wozu ein Erdbeben die Trommel oder ein dauerhafter Donner die Pauke schlug. Aber noch lieber ward von den Briganten dieser Wildnis, ihren Heldenstücken und ihrem stürmischen Untergang erzählt. Und gern tauchte die gewaltige Gestalt des Papstes Sixtus V., der vormals die Räuber durch Wald und Wüste zu Tode gehetzt hat, in mehr oder minder deutlicher Zeichnung, doch immer felsig und unerbittlich gleich dem Monte Priore, aus solch banditenreichem Sagennebel hervor.

Das Schönste war die Erzählung von Sisto e Sesto. Denn hier ein einziges Mal milderte die Sage die Härten der Geschichte und zog den Fels ins menschlich warme Leben herunter. Oft schon habe ich sie erzählt. Aber nie fand ich den Mut, sie aufzuschreiben. Denn bei so einem Abenteuer muss man mit beiden Händen mitsprechen, muss leise und laute Worte wechseln, muss sich zusammenducken und plötzlich in einer scharfen Schicksalswendung emporschnellen, kurz, muss die Geschichte erleben und zeigen können, wie sie mir von Gesicht zu Gesicht im Rauch und Feuer jener Abruzzenstube geoffenbart worden ist.

Krame ich sie nun doch auf diesem leblosen Papier da aus, so ist es, weil sie mir noch immer keine Ruhe lässt. Sie plagt und drängt mich wie ein Fieber und brennt mir auf die Finger. Sie will durchaus geschrieben sein. Versuch's ich denn und gleich jetzt, wo draussen ein nasser Wind ans Fenster klatscht und aus der Zimmerecke die Scheiter im Ofen krachen, so dass ich meine, noch immer in jener italienischen Bergstube zu sitzen und selber zu lauschen.

1. Kapitel

Vor vierhundert Jahren hausten in den sibyllinischen Bergen weitverzweigte Banden von Räubern. Steg und Weg war unsicher und den Schurken weder mit Gesetz noch Gewalt beizukommen. Denn die kleinen Fürsten von Spoleto und Foligno und Nursia herauf und von den jenseitigen Marken herüber bedienten sich der Briganten bald für private Heimlichkeiten, bald für ihre offene Hauspolitik. Ja, angesehene Reisende, wie Botschafter und kirchliche Nuntien, die auf dem kürzesten Wege von einem zum andern Meere reisen wollten, mussten gern oder ungern solche Wildleute zu Wegweisern nehmen. Aber wer glaubt nun das: die blutigsten Banditen wohnten bei ihrer Familie im Dorf und lagen, wenn sie nicht räuberten und mordeten, so sanft phlegmatisch wie nur je ein zahmes Menschlein im Gras unter Kind und Kegel und kauten an einem Halm oder schoren ein Schaf oder orgelten ein Scherzlied aus der Handharmonika.

Im Dorf Paritondo, das dem Grafen von Spenchi pflichtig war, zählte man unter fünfundachtzig Seelen ein starkes Dutzend solcher harmloser Dudler im Gras. Daneben wiegten sie ihre schmutzigen Kindlein im Arm, kochten Polenta im Freien oder scheuerten der kranken Frau bei guter Laune die Kammer, knieten Sonntags in der alten Kirche und schliefen unter der langen Predigt des Pfarrers Donaldi da Dia von Surigno wie Gerechte ein. Aber pünktlich beim Amen erwachten sie und sangen dann die Litanei so laut und so schön, als wären sie geborene Choristen. Den tiefsten und weichsten Bass sang Sesto Peretti, am Tage Küster und Gemeindeschreiber und Schafhirte in einer Person, zu Nacht Bandit vom schwärzesten Wasser. Am Tage harmlos und mild wie Milch, zu Nacht rot und gefährlich wie Blut.

Sein Vater hatte nach dem Tode der ersten Frau und nach den Klostergelübden seines einzigen, kränklichen, aber streberischen Sohnes Felice eine jähe Romagnolin geheiratet. Sie ward Sestos Mutter und verflackerte wie alle solche wilde, rasche Flammen nach wenigen Jahren. Da verwilderte der Vater, der das zweite Weib dreimal heisser als die knappe und strenge Frau der ersten Ehe geliebt hatte. Lange Zeit vagabundierte der Alte mit seinem Jungen in den Marken umher und siedelte sich endlich, des Schweifens müde, in den umbrischen Bergen an. Hier starb er als hoher Achtziger im Augenblick, da sein Enkelknab Poz'do ihm den ersten selbständigen Raub vor die Füsse schüttete und zugleich das Gerücht meldete, Felice Peretti sei Kardinal der römischen Kirche geworden und lasse in allen Windstrichen nach seinem verschollenen Vater oder andern nahen Verwandten fahnden. Die rote, goldgebortete Schärpe hier und da der dicke Karfunkelring rühre vom ausgeraubten, römischen Sendling.

Vielleicht hörte der Greis diese Kunde nicht mehr. Denn als man ihm gratulieren wollte zum grossartigen Sohne und nicht minder zu einem so würdigen Enkel, gab er den Händedruck nicht zurück, sondern liess den Arm wie ein Holzscheit auf die Decke fallen. Seit Tagen war er wortlos im Todeskampf gelegen. Jetzt, da er nicht nur seinen Sohn, sondern auch den Sohn seines Sohnes noch in voller Berufshöhe gesehen hatte, konnte seine Brigantenseele ruhig scheiden. Wie bei einem Docht, der kaum noch geglommen hatte, merkte keiner das genaue Erlöschen.

Als er sich aber steif und eiskalt anfühlte und also sicher tot war, ging Sesto zu da Dia nach Surigno hinunter, der halbblind und dort nur noch Frühmesser war, aber als Seelsorger von Paritondo die Geburten und Todesfälle ins Kirchenbuch einzeichnen musste. Er brachte ihm den ledernen Kodex und meldete den Hinscheid. Während der Geistliche die Daten ordnungsgemäss auf Folium 19 einkritzelte, freilich mit den Buchstaben eines Riesen, schrieb auch Sesto, halblaut da Dias lateinische Worte nachplappernd, auf ein Dokument die Todesmeldung seines Vaters und erbat die Unterschrift des Priesters. In Wirklichkeit hatte er notiert, dass der alte Peretti gestorben sei und niemand wisse, wo Sesto, des Kardinals Stiefbruder, durch die Welt jage, ob er am Ende nicht längst in der Erde ruhe. Mit so tückisch kleinen Buchstaben hatte er das geschrieben, dass da Dia keine Silbe lesen konnte und mit gutem Glauben seinen Namen und das Kirchensiegel dazugab. So wanderte das Dokument zum Kardinal. Seitdem ward es still zwischen Rom und Paritondo.

Bis nach Jahren die Hiobsbotschaft kam, der neue stahlharte Papst Sixtus V. jage die Räuber wie Ratten zusammen, durchstöbere ihre hintersten Löcher und hänge, wo er sie finde, alle Äste und Zäune davon voll. Er habe das Wort in seinen Bart geschworen: Ich will in meinem Hause keine Mäuse, so dass jeder Gast nachts gut schlafen kann und nicht der Bayer oder der Engländer daheim schimpft, im Kirchenstaat sei man keine Stunde seiner Tasche oder seines Lebens sicher.

Doch zuerst ward um Rom und die Campagna gegen Neapel hinunter gesäubert, wo ja der Unfug den fremden Herren Gästen am meisten in die Augen stach. Darnach zogen die Beamten über die Sabinerberge und Aquila ins heilige Umbrien hinauf. Aber da gab es so viel zu fechten und zu hängen, dass wieder zwei Jahre gemächlich verliefen, ehe in Paritondo, so weit hinten an den sibyllinischen Gewaltsbergen, ein Vortrab dieser Spürhunde gesichtet wurde. Man hatte inzwischen noch Zeit, den chilenischen Granden Carlos de los Herreras um einen Seidenrock mit zehn Pfund Goldpiastern im Futter zu erleichtern, dem Baron Albert von Schreck, der vom Tirol nach Rom ritt, Zelt, Rüstungen und alle Dienstmannen abzunehmen und sogar steife venezianische Senatoren, die einen schweren Peterspfennig nebst ihren sieben glattrasierten Intrigantenköpfen nach dem Vatikan trugen, gleich von beiderlei Beschwer zu erlösen und ihnen zwischen Busch und Fels eine flinke zivile Bestattung zu geben.

Aber eines Tages hatte Poz'do, der junge, rotstruppige Sohn Sestos, auf einer Spionage ins offene Tal hinunter unweit Spello einen langen Zug Geknebelter gesehen. Er konnte vor Wut kaum erzählen, wie schmählich das anzuschauen war. Edle, feine, hochhäuptige Briganten gingen in Stricken, die man von Hals zu Hals gezogen hatte, gerade wie dem Metzgervieh. Und ringsum trabten gleichgültige Soldaten zu Ross mit und stiessen jetzt ihr Maultier, jetzt ihren Gefangenen mit der Pike vorwärts. Der aalglatte Junge schlich diesem himmeltraurigen Elend mit verbissenen Lippen ins Städtchen nach. Es zwang ihn, das Unglück fertig zu kosten. Und sieh' da die Gemeinheit: ohne Verhör und Spruch, als ob sich das so von selbst verstände, ward Paar um Paar über den Markt zum grossen Brunnen geschoben, wo Stankt Michael sich hoch über dem Becken erhebt. Mit einem festen Knopf ward der eine rechts, der andere links an die eiserne Waage geknüpft, die der Erzengel weit über den Brunnenstock hinaushebt. Vornehme Leute schauten auf eigens herbeigeholten Stühlen dem Prozess zu und hatten ihren Spass daran weil das Zünglein an der Waage so drollig auf und niederspielte, bis die armen Burschen ausgezappelt hatten. Gleich folgten zwei andere, immer zwei dünne oder zwei dicke, damit nicht der gewichtigere die Schale zu tief drücke und mit den Zehen aufs Gesimse aufstehen könne. Die reichen Spellerbuben lachten, die armen weinten fast gar. Aber sie wagten nicht zu schreien: halt, das ist mein Bruder ... halt, das ist mein Vater! ... Da riss sich Poz'do schaudernd und im Innersten gekränkt los und lief Tag und Nacht über die drei Bergketten und schleuderte nach dreissig galoppierenden Stunden den braven Kumpanen in der Küsterstube diese zuckenden Marterbilder vor den Kopf. Darauf tranken jene den roten Wein aus, schoben noch ein tapferes Stück Ziegenkäse zwischen die Zähne und sagten zuletzt langsam: »Man muss es da Dia berichten. Kommt er am Samstag, Peretti?«

»Wartet, das ist der dritte, nein der vierte August. Natürlich, da Dia muss uns am ersten Monatssonntag Gottesdienst halten. Im übrigen, wie viel Geld haben wir noch?«

Der Genossensäckel ward über den Tisch ausgeleert. Fünfzehn Silberstücke und vier Pfund Kupfer. »Das hält noch länger als zwei Wochen,« beruhigte Sultigni, der Proviantmeister von Paritondo, und spuckte grossartig bis zur Türe hinüber. »Bis dahin ist der Schrecken vorüber.«

2. Kapitel

Der alte Pfarrer und Benefiziat da Dia kam am Samstag nachmittag von Surigno herauf. Zwei Frauen knieten im Kirchlein und wollten ihre Sünden bekennen. Hernach besuchte der Priester den Pietro Solio in der obersten Dorfhütte. Der Mann litt an Wassersucht und sah heute so erbärmlich aus und schnappte so knapp nach Luft, dass Donaldi da Dia beschloss, ihm morgen die heilige Wegzehrung zu reichen. Indessen nahm er ihm die Beichte ab, salbte ihn mit dem Krankenöl und sprach ihm einige tröstliche Gebete mit seiner tiefen, stillen Greisenstimme mehr aus dem Herzen als aus dem geöffneten lateinischen Büchlein vor.

Ernst und ein bisschen missmutig schritt er dann das einzige Lottergässchen Paritondos zurück zum verfallenen Pfrundhaus. Nur ein Raum zum Kochen und Schlafen und Predigtstudieren war da noch leidlich erhalten. Was brauchten auch die Paritonder ein Pfarrhaus wegen zwölf Gottesdiensten im Jahr? Nun, ja, darüber wollte sich da Dia nicht mehr ärgern. Aber von den Samstagskindern, die er nach dem Tridentinum hier jedesmal im Glauben unterweisen sollte, liess sich kein Bein sehen. Die Wildlinge trieben sich noch immer mit den Herden auf den obern Weiden von Pratalpe herum. Da war vor Mariä Himmelfahrt nichts zu machen. Verdrossen zog er sein Brevier hervor und betete, im struppigen Gärtchen auf und abschreitend, die Nokturnen, während ihm die Küstersfrau, Anizia Peretti, eine Minestra aus Kräutern, Erbsen und dünner Hühnerbrühe faustdick zusammenkochte.

Ihr Gatte begab sich inzwischen in die Sakristei und legte mit ungewöhnlichem Eifer die gottesdienstlichen Gewänder für die heutige Abendandacht und den morgigen Gottesdienst bereit. Besonders stattlich hing er die weiss–seidene Kasel über den Kniestuhl aus, die schönste von den drei vorrätigen, die einzige auch, die auf ordentlichem Stiftungsweg in den Kirchenschrank von Paritondo gelangt war. Auch den besonderen Kelch für hohe Feste nahm er aus dem Beschluss und setzte dicke, weisse Kerzen in die Altarstöcke. Dann breitete er einen Teppich aus echtem Persergewebe, weiss Gott woher gestohlen und wieso dahergekommen, über die krachenden Altarstufen und zog ein prachtvoll gehäkeltes Linnen über den morschen Messtisch, in dessen Zipfeln man ein englisches Baronatswappen sah. Das Kreuz in der Mitte des Altars war einem päpstlichen Legaten auf seinem Zug nach Spoleto abgenommen und das selige Madonnenbild auf dem Steinsockel aus einem reichen Gubbierkloster schon zur Zeit der Fehde zwischen Papst und deutschem Federigo geholt worden. Diesem Liebfrauenbild hing Sesto zwei schwere Ketten aus altem, dunklem Gold und Armbänder mit echten Rubinen um und setzte ihm ein Krönlein aus haardünnem Silberdraht mit eingeflochtenen Goldrosen aufs Haupt. All dieser Schmuck war gestohlen, aber die Paritonder protzten damit hochmütiger, als wenn sie den ganzen Zierat selber gewirkt oder doch gekauft hätten. Besonders auf das Krönlein hielten sie hohe Stücke. Denn beim damaligen Überfall zweier französischer Bischöfe mit reisigem Gefolge hatten sich die Franzmänner glorreich verteidigt und drei Paritonder, darunter Sestos Schwiegervater, mit kunstgerechten Fronthieben erschlagen. Vom Szepter Mariens rührte auch der lahme Arm des Giosue Cardini, vom Armband die stumpfgehauene, nur noch dreifingrige Hand des Pietro Gualfi. Sesto Peretti selbst verdankte die tiefe Narbe von der hohen Stirne mitten in die schöne Braue dem Altarkreuz aus handgetriebenem Eisen. So oft er den heilig Gekreuzigten daran erblickte, schlug er sich brummelnd auf die Brust: Miserere nobis! und lachte dann mit beiden kieselgrauen Augen vor anregender Erinnerung ans Abenteuer. Wahrhaft, sie hatten für ihre Schätze mehr als Goldbatzen, sie hatten ihre gesunden Glieder und ihr rauchendes schweres Abruzzenblut dafür bezahlt. Darum wachten sie eifersüchtig über dem lebensgefährlichen Reichtum und verriegelten gleich nach der Kirchenfeier die ganze heilige Herrlichkeit wieder schnell in der eisernen Truhe der Sakristei. Diese Räuber fürchteten auf der Welt nichts als Räuber.

Etwas fehlt. Jedes Weib in Paritondo hat einen Schleier, nur die Madonna nicht. Einst trug sie einen. Silberfädig war er, und man staunte, wie Lilienstengel und Lilienkelche da zu einem Nesseltuch verschlungen waren ohne jedes andere Zwischengewebe. Dieser Schleier blitzte wie der Weihnachtsschnee am Sasso Rompo zu Mittag. Seit er fehlte, ward es schattig ums Madonnenhaupt. Jeden Sonntag bildet es für die Paritondergemeinde eine neue Überwindung, diesen berühmten Schleier zu entbehren. Wenn doch nur eine hohe Edelfrau wieder mit einem solchen himmlischen Gespinste ihren tüchtigen Raubburschen in die Hände liefe!

Jetzt schwingt Sesto das einzige scherbige Glöcklein zum Rosenkranz in den frühen Gebirgsabend hinaus. Wie das verloren aus den Bergecken zurückhallt! Schnell humpeln die alten Weiblein hinein. Dann mit einem Ruck stösst sich das Trüppchen Halbwüchsiger vor. Nun die paar Männer, die immer und so genau wie der Samstag selbst hereinkommen. Die paar? Was ist das? Mannsschritt um Mannsschritt schallt auf dem Steinboden. Das ganze Dorf kommt, füllt die Bänke, atmet schwer und sinkt wuchtig auf die Knieschemel. Der Pfarrer wundert sich gewaltig ... Die haben Angst! ... Sesto zündet sechs Altarkerzen an. Warum sechse wie zu Ostern? Zwei sind gerade recht. Per Dio, die Paritonder sind und bleiben Sonderlinge.

Der Küster ringelt den Rosenkranz auf und betet vor. Da Dia setzt sich ins Chorstühlchen und beginnt bei einem züngelnden Wachsstöcklein die Laudes halb aus dem Brevier, halb auswendig zu lispeln.

Aber er kann sich nicht sammeln. Immer wieder springen seine Gedanken über die alten Buchdeckel ins Kirchenschiff hinaus. Es fällt ihm auf, dass man anders betet als sonst. Es klingt weniger schläfrig und schleifend, mit einer ernsten, herzlichen Betonung. Mitunter, wie in bekümmerter Sprache, fallen Seufzer dazwischen. Es dünkte Don Dia, so stark hätten die Leute erst einmal gebetet, als das Hochgewitter eine Sintflut von Wasser und Schlamm von den Bergen niederwälzte und das Häufchen Paritondo mit Mann und Maus zu verschlingen drohte. Draussen vor der Kirche strudelten die Fluten fürchterlich, drinnen streckte man die Arme aus und überschrie den Lärm mit immer neuen Paternostern.

Dennoch war es anders. Vor den Kirchenmauern lag diesmal eine stille dunkle Nacht, und in der Halle wurde ohne Geschrei, aber schön und eindringlich gebetet. Perettis Samtstimme klang noch tiefer und melodischer als gewöhnlich: »Der für uns Blut geschwitzt hat! Erbarme dich unser!«

Don Dia klemmte den Daumen ins Buch und sann nach. Dieses Volk leidet. Es hat Hunger. Es kommt arm zur Welt und geht ärmer aus ihr, die doch so voll Reichtümer ist. Nicht ein Splitterchen merkt es von ihnen. Es kann wahrhaft dem Herrgott nichts davon erzählen, wenn es hinüberkommt, wie gut der Vesuvwein, wie süss die Kuchen von Siena, wie lustig der Fasching von Rom und wie prächtig die Stanzen Raffaels im Vatikan seien. Es kennt nur seine Paritonder Kirchenschätze, eine Stunde lang zum Anschauen und sich daran zu blenden. Dann kommt wieder die wochenlange glanzlose und kahle Armut des Werktags.

Es gibt Räuber unter diesen Leuten. Man munkelt tief ins Tal hinunter allerlei Unsauberes. Aber müssen sie denn nicht stehlen? Sie sollten vielleicht betteln. Aber hier ist niemand, den man anbetteln könnte. Kein Signore lebt da oben. Alle sind sie Bettler. Also an die Strasse liegen und den zu Hablichen und zu Gesegneten vom Überfluss etwas abzwacken. Ach Gott, was ist das für eine Welt!

»Der für uns ist gegeisselt worden«, betete Peretti, »Erbarme dich unser!« rauschte es dumpf durch die Kirche.

Es sind gute Leute, spann Don Dia fort. Wie hat nicht mit heiterer Demut Pietro Solio vor einer Stunde sein geringes Sündengepäck abgeladen und Stück für Stück herzlich bedauert. Augen wie ein Kaninchen machte er dabei und nickte und dankte siebenmal dem Reverendo für den Segen. Der Pfarrer zieht entschlossen den Finger aus dem Psalmenbuch. Er bringt doch keinen Vers mehr über die Lippen. An dieses Völklein muss er nur immer denken.

Er hat sie gerne, die rauhen Schweiger hier oben. Je weniger sie klagen, um so inniger fühlt er ihr Heimliches mit. Jeden zehnten April müssen sie, und sollten sie es von den eigenen Knochen schnitzeln, dem Grafen von Spenchi fünf und dem päpstlichen Legaten in Spoleto nochmals fünf Pfund Silber zinsen. Das bedeutet ein Vermögen für Bettler. Aber sie bringen es immer zusammen. Sonst würde ihr blitzendes Dutzend Jünglinge in die Garnison von Ancona oder Perugia gesteckt. Das wollen sie nicht. Krieg führen am hellen Tag, auf offenem Plan einem Menschen, der mich nichts angeht, entgegenreiten, ihn totstechen oder ihm eine Kugel durch den Kopf jagen, das widersteht ihrer sanften höflichen Gemütsart. Sie verkaufen das wenige Gemüse ihres wilden Bezirks und das erlegte Raubgetier und die Fuchs- und Marderfelle und begnügen sich mit ihren Disteln und magern Ziegen und dem Sackleinen bei Schneewetter, nur um dem Soldatendienst zu entgehen. Auch sind sie gastfreundlich und lieben einander ohne Falsch. Das ist ihre gute Seite, sozusagen die Sonnenseite ihres Lebens. Die Schattenseite, die heimliche, na ... aber vor sechs Jahren haben sie den kostbaren Schleier der Madonna, den Zwischenhändlern tausend Dublonen, ihnen hunderttausend wert, den Talgenossen nach Surigno hinunter geschickt, weil das Dorf nach langer Pest und Dürre halb verbrannt und halb verhungert dalag. Die elenden Brüder möchten Milch und Brot daraus machen. Das bleibt ihnen unvergessen.

Dieser Peretti, wie er nur vorbeten kann. Wie ein Cherubim. Und wie er jetzt die Hilferufe der Litanei betont. Der Messner in der Sixtinischen Kapelle kann es sicher nicht halb so geschickt. Dieser Sesto macht eigentlich alles anders als die Hiesigen; nicht niedrig, herrisch ist sein Antlitz geformt. Und steckte sein Bube Poz'do in einem Junkerhabit, man würde den Kerl für einen Herzogssohn halten. So weisse Stirnen und schmale Nasen und lange silbergraue Augen und so leises, feines, rotbraunes Haar wachsen nicht hier. Ich wette, die haben noble Gevattersleute. Peretti ist ein grosser Name. Seine Heiligkeit in Rom heisst auch Peretti. Und sucht ja Vettern und Brüder aus dem Dunkel der gemeinen Abstammung in sein Weltlicht zu ziehen und findet sie nicht. Wer weiss, wer weiss! Nur ist der Peretti hier zahm wie ein Lamm. Der andere gebärdet sich wie ein Löwe Gottes. Sein Brüllen schallt weit über Italien hinaus. Die Könige zittern davor, und Gesetz und Recht werden wieder Herr. Sauber und vollkommen hobelt der Papst die Welt, bis sie dem reinen, runden Himmel über ihr gleicht. Der Hobel freilich tut weh. Und das Stammholz der Christenheit knirscht darunter, wenn ihm das Eisen in die harten und verwilderten Schösslinge fährt.

Hier fallen dem greisen Donaldi da Dia die Galgen und Pfähle der letzten Woche ein. In Gottes Namen, Gerechtigkeit muss sein. Dem Wegelagerer, dem Brandstifter, dem sakrilegischen Dieb gehören Rad und Beil und Hänfling. Aber die Bergler hier tun einem leid, gegen die man jetzt loszieht. Das ist eine andere Sorte. Gemeine Verbrecher sind das nicht. Sünder, gut, wer heisst nicht so! Santissima Madonna, ich werde doch keine Räuber entschuldigen. Lieber beten! »Heilige Maria, Mutter Gottes, bitt' für uns arme Sünder ...«

»Jetzt und in der Stunde unseres Absterbens, Amen.«

So summt es hoch und tief das Kirchlein hinunter. Dem Pfarrer wird es eigen zumute, fast wie damals, wo das Wildwasser um das Chor klatschte. Seine alten dünnen Ohren hören fein. Und er hört wieder leise glucksen, wie von kleinen Wellen, dann nagen, kerben, beissen, zischen um die Friedhofmauer. Ist das so starke Erinnerung oder was?

Nach dem Rosenkranz gibt er mit dem eisernen Kreuz des Legaten von Spoleto den Segen. Tief senken sich die Kopftücher und weit ausholend bekreuzigen sich die Männer. Aber darnach rennt niemand hinaus, wie es sonst Brauch ist, um auf der Friedhofmauer noch ein wenig zu sitzen und in den grellen Bergmond oder in die mildere Himmelfahrt der Sterne ein langsames, eintöniges Hirtenlied zu singen. Selbst die Kinder bleiben.

In der Sakristei fragt Peretti den Pfarrer, ob es recht sei, morgen den besseren Kelch und das feinere Messgewand aufzulegen.

Ja, ja, er macht es ja immer recht.

»Noch ein Wort!« Sesto Peretti wächst wie ein Übermensch dem kleinen, magern, von dünnen Silberfasern umwehten Geistlichen über den Kopf und streckt die Arme wie Eisenhämmer aus. Sein weisses Gesicht wird grau wie Stein. Die kieselfarbenen Augen leuchten und das dichte weiche Haar loht fahl an der Stirne empor. »Noch ein Wort«, droht der Riese gewaltig.

»Redet doch, so redet doch, Sesto!« versetzte da Dia bange und sich duckend vor dem grossen Lamm Peretti, das urplötzlich wie ein Löwe tut.

»Es sind unterm Rosenkranz Soldaten von Spoleto gekommen. Sie stehen hinter den Friedhofbüschen und wollen Räuber holen. Habt Ihr denn nichts gehört? Wir wussten, dass alles so kommt und nicht zu vereiteln ist. Jetzt sagt mir: werdet Ihr uns helfen wie ein Hirte oder uns verraten wie ein Mietling? Rasch!«

Er hob den rechten Eisenhammer über das dürre Greisenköpflein, als wollte er es, sowie ein Nein hervorkäme, mit aller leiblichen Zubehör auf einen Hieb ungespitzt in den Boden schlagen, dieses sanfte Lamm Peretti.

»Ich weiss nichts anderes«, schrie Don Dia, »als dass ihr gute Leute seid, ich weiss nichts anderes und will nichts anderes wissen.«

»Gut, so ziehet Euch da an und kommt mit uns vor die Kirche! Ihr seid ein Reverendo, Ihr könnt am besten mit den Häschern unterhandeln.«

»Wozu Albe und Kasel? So wie ich bin! Es ist jetzt nicht Messzeit.«

»Da,« gebot Sesto mit furchtbarer Stimme, »und da und da!« Dabei warf er ihm Schultertuch und den langen weissen Linnenrock um, kreuzte ihm die Stola über die Brust und schob ihm einen wunderschönen, goldbortigen Manipel über den linken Arm. Dann holte er die Kasel, die nur beim heiligen Opfer getragen werden darf.

»Es geht jetzt nicht zur Messe«, wiederholte der alte, kleine Priester ängstlich und half dabei doch hastig mit, dass die geweihten Gewänder gut lagen. Aber bei der Kasel weigerte er sich nun doch entschieden.

»So nehmt den Vespermantel,« sagte Sesto kühl und legte ihm auch sofort statt der morgendlichen Kasel den festabendlichen, weiten Purpurmantel um, von dem es im Kircheninventar hiess, ein burgundischer Bischof habe ihn auf der Durchreise hier zurückgelassen. Gelbe Flammen loderten durch diesen schweren Brokat, die Flammen des französischen Fahnentuches. Indessen musste der geplünderte Prälat ein wahrer Roland von Grösse gewesen sein. Denn wie jetzt, befohlen und gestossen, Don Dia zum Altar trat, schleifte er den halben Purpur als Riesenschleppe hinter sich her. Er nahm das Kreuz vom Altar und schritt zur Porte hinunter, ohne zu wissen, was er nun sagen, was tun sollte. Kein Gebet, keine passende Zeremonie, nichts fiel ihm ein als eine grosse Angst vor dem, was seiner da draussen harrte, und noch mehr von dem, was hinter ihm mit der steinernen Miene Perettis drohte. Rechts und links hörte er im Vorbeigehen sich die Bänke leeren, sah das Volk ihn umringen und Sesto mit Weihwasserkessel und Wedel stramm neben ihm marschieren. Aber das Geschirr hielt der Mensch wie einen Schild und den Wedel wie ein Schwert in Händen.

Als er den Ledervorhang mit dem Ellbogen zur Seite schob, blickten ihm ins Kirchlein ein Dutzend gezogener Pistolenläufe entgegen. Ein Hauptmann erhob die Hand wie zum Signal: Feuer! Hinter den zwölf Mordröhren starrten zweimal so viele spanische Piken und lange Mantuanerflinten mit ihren eisernen Beschlägen in die vom Sterngeflimmer leise erhellte Nachtluft empor. Schwarz lagen über dem Strässchen die Hütten. Nirgends äugte ein noch so schwaches Dorflicht. Am Monte Rosso oben hörte man deutlich den Wind blasen.

Der Pfarrer wich zurück, aber auch die Angreifer waren auf einen solchen frommen Aufzug nicht gefasst und stutzten. Nur Peretti tunkte kurzerhand den Weihwasserwedel ins Gefäss und reichte ihn dem Priester. Instinktiv, wie jeden Sonntag vor der Hauptmesse, nahm ihn Don da Dia und besprengte die Bewaffneten, indem er dazu innig sagte: »Im Namen Gottes des Vaters und des Sohnes und des Heiligen Geistes!« Da senkten die Soldaten ihre Feuerwaffen, bekreuzten sich unwillig, aber brummten dennoch: »Amen!«

»Mit wem wir da Händel kriegen, fragt, Curato, mit wem?« raunte der Küster dem Pfarrer ins Ohr.

»Wozu seid Ihr gegen uns ausgezogen?« rief nun Don Dia im lauten Pathos der Bibel und mehr noch seiner Angst. »Was traget ihr den Krieg da herauf, wo fast keine Menschen mehr und bald nur noch Felsen sind? Was möget ihr von uns? Wasser und Steine, mehr können wir nicht geben.«

Der Hauptmann ward immer verwirrter. – »Wir sind keine Verbrecher«, tuschelte Peretti dem Pfarrer als Stichwort ins Ohr.

»Sucht ihr Verbrecher hier,« fuhr da Dia weiter. »Was können wir verbrochen haben bei Wasser und Stein? Verbrecher suchet drunten im Land beim Wein und Geld der Stadtleute. Gibt es hier ein Verbrechen, so ist es das, dass wir arm sind und so wenig haben als der Wind dort oben auf dem Monte Rosso und dass wir gleich ihm nie aus dem Hunger kommen. Müsset ihr das züchtigen, so züchtiget den Herrgott. Er hat uns so mit dem Hunger zusammen erschaffen. Nein, nein, gehet von uns und suchet euere Sträflinge in Florenz oder Rom!«

»Bravo, Curato!« raunte ihm Sesto zu.

Don da Dia, der schüchtern war, aber immer ein braves Mass von Beredsamkeit besessen hatte, das diesmal durch die Not und die Stichworte Sestos noch erheblich gewürzt wurde, Don Dia erhob beim letzten Satz beschwörend die Rechte, und da funkelte im Laternenlicht des Ministranten der Manipel auf, und deutlich gewahrte man das adelige Wappen und den harten, in der fremden Sprache der Inglesi geschriebenen Namen des bestohlenen Eigentümers.

Sogleich erholte sich der Hauptmann von aller Scheu, trat fest herzu und sprach: »Mann, woher hast du denn dieses teure Kleid? und woher das seltene Kreuz? Wächst so was hier oben? Heraus mit den feinen Meistern! Wo sind euere Stickerinnen, die silberne Madonnenschleier machen, wie den von Surigno? Lasst einmal sehen, wie man solche Kunst wirkt! Ihr verbergt noch viel Ähnliches da innen. Platz da! im Namen seiner Heiligkeit, Platz!«

Wieder erhoben die Soldaten ihre Terzerolen und blitzten die Piken.

Der ratlose Pfarrer sprengte aufs neue das Weihwasser über die feindliche Armee. Er wusste nichts Besseres und Stärkeres zu tun.

»Lass das, Pfaff, du willst wohl nur das Pulver verderben. Zieh deine gestohlenen Kleider aus, bei dir wollen wir anfangen, he, Mannschaft!« Damit riss er dem ehrwürdigen Priester den Manipel vom Arm, andere zerrten am Rauchmantel, einer griff nach dem Kreuz. Da reckte sich Sesto Peretti blitzschnell in seiner alles überragenden Grösse auf und schlug den vollen Weihwasserkessel dem Hauptmann über den Kopf, dass die Hirnschale krachte und die heilige Flut an ihm wie Regen vom Dache troff. Zugleich schrie Peretti, aber nicht mehr mit dem Psalterton des Sigrist, sondern im Gewaltskommando eines Bandenhäuptlings: »Männer, Büchsen vor!« – Und Fahnen und Kreuze und Rosenkränze fielen, und im Nu blinkte aus jedem Kittel eine Pistole oder ein Dolch hervor.

»Jetzt seid so höflich und stellt euch vor!« rief Peretti. »Wer seid ihr, Feind oder gut Freund?«

Der Hauptmann schüttete das gesegnete Wasser aus den Hutkrempen und sammelte sich ein kurzes Weilchen. Dann wandte er sich in seine Reihe zurück und sagte kurz und höflich: »Verlies das Dekret, Tommaseo!«

Ein stangenlanger, waffenloser Mann trat aus dem Haufen. Er zog eine Rolle aus dem Ledersack und hielt sie ans Laternlein des Ministranten, um besser zu lesen. Da blies Peretti die drei Wachskerzen im Drahtgitter mit einem Atem aus. Zugleich gab der vielgewandte Mann dem Pfarrer einen bedeutsamen Wink zur Kirche hinein.

»Nicht hier, nicht hier! Kommt in die Kirche«, bat Don Dia. »Dort brennen sechs Altarstöcke. Dort verleset! Gott, was Gottes, und dem Cäsar, was des Cäsar ist!«

Man ging also ins Kirchlein zurück und im Schein des Altars, unter dem Blick der schleierlosen Madonna, begann Tommaseo zu lesen:

»Sixtus der Fünfte, Knecht der Knechte, Statthalter der römischen Kirche und Verwalter des Patrimoniums Petri ...«

Bei diesen volltönenden Namen beugten sich die Dörfler und die Kriegsleute tief. Aber am tiefsten Don Dia. Durchs ganze Kirchenschiff rauschte die starre, gewaltige Seide seines Mantels bei der Reverenz.

»Kund und zu wissen, dass im Gebiet zu Spoleto und Nursia unser Diener Markgraf Antonin Saavedro Gebot und Macht hat, für die Sicherheit der Provinz, vorab für strenge Säuberung der Strassen zu sorgen und dem gottlosen Treiben der Wegelagerer, Abenteurer, Räuber und Totschläger mit unserer ganzen richterlichen Schärfe zu begegnen. Auf Diebstahl über einen Dukaten ist der Strang gesetzt, auf jeden Raub desgleichen, auf Schädigung von Gut und Habe, Misshandlung und Mord desgleichen. Wird der Maleficant auf frischer Tat ertappt, oder in sonstiger Dringlichkeit des Gerichts, mag ohne Prozess exekutiert werden. Wer einem Banditen Unterschlupf gewährt oder sich ihm sonst hold erzeigt, sei an den gleichen Galgen geknüpft. Doch sorge der Richter, dass jeglicher Delinquent in Reue und Busse scheide, damit dem Tode des Leibes nicht auch der Tod der Seele folge.«

Grabesstille herrschte. Nur der Rauchmantel schauderte ein weniges zusammen.

Der Hauptmann winkte mit der früheren Höflichkeit und nun entrollte Tommaseo einen zweiten Pergamentbogen:

»Auf mehrfaches, inständiges Klagen der Edelleute dal Pres und dal Ferri, des erlauchten Prinzen Giovanni Massari di Mugnone, des Bischofs Guereldo und der Kaufleute von Ancona, Spello, Nursia, Foligno, Spoleto und Aquila verfügen wir Markgraf von Spoleto und Bevollmächtigter des Heiligen Stuhles:

«primo, das Verhör der Alpleute von Paritondo,

»secundo, Festnahme und stante pede Exekution der Überwiesenen,

«tertio, Auslieferung und Expedierung eines jeden, so des Raubes oder Vagantentums anrüchig ist, ans Gericht von Spoleto.

»Im glorreichen fünften Jahr des Pontificats und in unterschriftlicher und besiegelter Bestätigung seiner Heiligkeit, des Papstes Sixtus des Fünften.«

Wieder bogen sich alle Häupter, einige Frauen mit dem Pfarrer knieten sogar nieder, und viele Männer, diese grossen Kinder des Gebirgs, klopften wie beim Segen mit dem Allerheiligsten an ihre Brust. Nur der Messner zeigte nichts von all diesem ehrerbietigen Respekt und Schrecken. Vielmehr reckte er den Hals mit dem felsigen Kopf im Verlesen der Proklamation immer sicherer in die Höhe, und während die Seufzer des Volkes im Dunkel verschwammen, leuchtete sein fuchsgrauer Scheitel in den sechs Kerzenlichtern wie ein Berggipfel, den die Nacht am spätesten erreicht. Und über ihm lächelte jemand noch unbesieglicher und lächelte sogar unter dem rabenschwarzen Gelock hervor mit roten Wangen und kindsblauen Augen: die schleierlose Madonna auf dem Altar.

»Und wie hat dieser unterschriebene Papst geheissen, bevor er auf den Thron kam?« fragte nun Sesto mit rollender Stimme. Alles war wieder still, denn die Frage hatte den Ton eines Mächtigen, der nicht vor Gericht steht, sondern selbst zu Gericht sitzt.

»Felice Peretti!« riefen mehrere.

»War er nicht ein Winzerbub in den Marken, der Sohn des Gianbattista Peretti?«

»Ja, Felice Peretti aus Grottamare!«

»Eben, so liegt der Vater dieses Papstes da draussen vor der Kirchtüre, und ich, schaut mich an, ich bin sein Kind so gut wie Sixtus der Fünfte.«

Der Tod kann nicht starrer sein als die Stille, die nun ward.

»Sagt ihr es, Hochwürden, habt nicht Ihr eigenhändig meinen Vater da draussen eingesegnet und ihm die erste Schaufel Erde auf den Sarg geschüttet? Und habt Ihr nicht meinen Brief an den Kardinal Felice Peretti mit einem lateinischen Satz und Euerem Namen unterschrieben und nach Rom geschickt, als mein Stiefbruder von dort wissen wollte, wo seine arme Familie lebe und wie er ihr aufhelfen könne? Perbacco, damals lachte ich, aber jetzt schrei' ich ihn an: hilf Bruder, jetzt brauchen wir dich!«

Er blickte auf Poz'do, aber der Bub nickte nicht ja! Das kannte er nicht, Hilfe. Das hatte er noch nie gebraucht.

Die Soldaten sperrten vor endloser Überraschung ihre bärtigen Mäuler weit auf. Doch der kleine Priestergreis im verzogenen Mantel und schiefen Birret nickte gewaltig für sieben Poz'dos mit dem dürren Köpflein, und so nass waren seine stummen Blicke und so bleich wurde Sesto selber beim Reden, dass jeder sozusagen die Wahrheit seiner Aussage mit Händen griff.

»Ihr wäret ...« brachte der Kapitano endlich über die schwere Zunge und wich respektvoll einen Schritt zurück »... der Bruder unseres heiligen Vaters zu Rom!«

»Wartet,« befahl Sesto bündig und verschwand in der Sakristei.

Ein halblautes Gerede pflanzte sich von Kopf zu Kopf durch den bewaffneten Kirchengang hinunter. Was tun wir jetzt? ... Ob er's beweisen kann? ... Klingt nicht alles wie ein Märchen? ... Aber Dieb ist Dieb und Mörder bleibt Mörder! Der Papst hat in seinen grauen Bart geschworen, dass er den eigenen Vater nicht schonen würde. Pst, pst! Da kommt der Riese zurück! ...

Der Sakristan brachte das alte Kirchenbuch, woran zwei Silberschlösschen gar lustig in die so unlustige Stunde klingelten. Er öffnete ein mittleres Blatt nach allen Gesichtern hin. Es war mit guter, dickgezogener Tinte durchschnörkelt. Zuletzt hielt er es dem Pfarrer gebieterisch vor. Und mit zitteriger Stimme begann der Alte sein

Skriptum zu lesen: »Anno Domini 1576 obiit in hacce villa Pariton-
dense Joannes Baptista Peretti, nonnagenarius, ex Ancona, quem
sepului die septimo Octobris 1576. Natus 1486, pater Sixti, vulgo
Sesti, sacellani nostri, ex posteriore, Emminentissimi D. D. Princ.
Cardinalis, Felicis Peretti, ex primo matrimonio. Cui Deo indulgeat!
R.I.P.«

»Vater Ihrer Eminenz,« wiederholte der Vorleser in der Landes-
sprache, »des hochwürdigsten Kardinals und Kirchenfürsten Felix
Peretti!«

So stand es, so hiess es, so war es. Dem Hauptmann schwindelte.
Die Mannschaft war nahe daran, vor dem Küster, über dem der
Purpur des Bruders, nein, nunmehr der Schnee des Papstgewandes
leuchtete, sich bis auf den Gurt zu verneigen.

Stolz überschaute Sesto das volle, zu Tod verblüffte Kirchlein.
Dann ergriff er seinen schlanken, rothaarigen Sohn am Arm und
kommandierte ruhig:

»Ihr habt es gehört. Nun führt uns zwei nach Rom. Auf mich und
mein Kind nehme ich alles. Der Bruder selbst soll uns richten. Die
andern,« beschloss er mit milderem Kameradenton, »die lasset bis
dahin nur im Frieden. Ich bürge für sie. So ist's am gescheitesten.«

»So ist's am gescheitesten,« murmelte auch der Hauptmann mit
erleichtertem Herzen. Noch in der gleichen, lauen Sommernacht
schritten die Soldaten mit Sesto Peretti und seinem Sohn Poz'do
gegen Surigno hinunter. Die Sterne blinkten ob den schwarzen
Bergmassen, die kleinen Gewässer plauderten in den Abgründen,
ein Wolf bellte über Pratalpe und hinter dem weissen, kalten Stirn-
lein des Papstneffen schimmerte es von köstlichen Bildern. Marmor-
türme, Domkuppeln, hohe Flussbrücken, worunter unsäglich breite
Fluten glitzern, dann Kanonen und grelle Garden, Glockengeläute
bis in die Wolken, Strassengefechte, die dreifache Krone des Onkels!
Und zwischen diesen Wundern zog das kühne Knabenherz wie ein
junger Bergfalke nach Abenteuern aus.

In Paritondo tröstete Don da Dia indessen den Pietro Solio aus,
der in der Morgenfrühe, auf der Hausstiege sitzend, seine alte Älp-
lerseele zu den Häuptern der sibyllinischen Berge emporschickte.
Frau Peretti, zugleich um Bub und Mann trauernd, wachte an der

Leiche mit den Mienen einer Witwe. Aber jedermann wusste, dass nicht dieser Tote, sondern zwei Lebende sie zur Witwe gemacht hatten.

Aber im verlassenen Kirchlein lächelte, nachdem alle sechs Kerzen heruntergebrannt waren, noch hell und unverzagt, wie eine, die sich Lichts genug ist, die schleierlose Madonna.

3. Kapitel

In einer kleinen, vergitterten Stube der Petersburg war Poz'do mit seinem Vater eingeriegelt. Rechts und links von der kleinen, stahlgebänderten Eichentüre war je eine Strohmatte in die enge, tiefe Mauernische geworfen. Das galt der kurzen Schlafenszeit. Aber für den langen, wachen Tag hatte man einige heilige Bücher auf einen Steinblock gelegt, der als Tisch dienen musste. An der Wand war ein hölzernes Kreuz befestigt. Die gewölbte Diele hing hoch und dämmerig über den zweien und war ein wahrer Lust- und Wildplatz für grosse, schwarze Spinnen. Die Peretti hörten in die Zelle hineindringen Rufe der Brückenwache, das Marktgetöse am Dienstag und Freitag, die Marienprozession am Samstag und das dunkle Rauschen des Tiber gegen Mitternacht, wenn das übrige Rom endlich stille geworden war. Auch rieselten fast den ganzen Tag Glockenstimmen ins Gefängnis, selbst von Lateran und von Santa Maria Maggiore, wenn der Wind von Albano her blies. Oft fiel das nahe Geläute der Sankt Petersglocken wie eine Vaterstimme in den Familienchor ein. Reiter trabten, Krämer schrien, die Gerüste für den Oktobermarkt wurden schon mit hundert Hämmern und Beilen gezimmert. Oft schritt eine geistliche, öfter noch eine munterweltliche Musik vorbei, umwirbelt von Kommandos oder dem übermütigen Jubel halbgebrochener Jünglingsstimmen. Einmal wurden sieben Kanonenschüsse gelöst, wohl im gleichen Burggemäuer, denn das ganze Zimmer zitterte siebenmal mit. Doch all das zusammen, dieses siegbewusste, wunderbare Geräusch der ewigen Stadt zerschlug sich an den Gittern und vermochte die entsetzliche Einsamkeit da innen nicht kleiner zu machen.

Diese Einsamkeit, diese Hexe der Hexen! Vater und Sohn wurden beinahe verrückt davon und wünschten aufrichtig lieber den Henker, als nochmals so einen einsamen Tag wie heute. Sie hatten eine so müde, gliederschwere Hitze und eine so dicke, staubige Luft früher nie gekannt und erstickten fast daran. Sie standen auf die Zehen, um über das steile Gesimse des schmalen, hohen Fensters hinaus etwa ferne Berge zu erblicken. Aber die Mauer war zu hoch. Nicht einmal der Riese Sesto langte an die Brüstung auf. Da schwang sich Poz'do sehnig und geschmeidig wie eine schöne Natter am Vater empor und kniete ihm auf die Achseln. – Was siehst du? flehte Sesto. – Ach, nur wüste Dächer über Dächern, schimpfte der Bub. – Und darüber hinaus? dahinter? bettelte jener. – Staubige Bäume und leeres, langweiliges, graues Land, versetzte Poz'do und wollte flink wieder abspringen. – Und darüber, da muss noch etwas sein? schau gut, Cuore mio! hungerte der Alte. – Ehe! Ich weiss nicht, ist es Rauch vom Feldfeuer und drückt ihn die Luft so zu Boden, oder ist es eine niedrige Mauer oder sind es die Monti Sabini. Pfui Teufel, solche Häufchen, wie daheim unsere Mäuse werfen! – Poz'do spie voll Ekel zum Gitter hinaus über diese ganze Wenigkeit da draussen und sprang dann elastisch wie eine Katze rückwärts ab. Da stand er nun wieder unten im Finstern. Aber er hatte in Wirklichkeit freie, herrliche Menschen auf der Tiberbrücke und grüne Bäume auf dem Aventin und im fernen Osten Berge, ach Gott, wahre Berge gesehen!

Mit müdem Gesicht blickte er den noch müdern Vater an, ob Sesto wohl seinen kindlichen Betrug bemerkt habe. Nein! Nur dünkte den Alten, Poz'do sehe auf einmal viel mutloser drein. Ach ja, wie wollte einem so jungen, wächsigen Leben nicht alle Bergkraft im Käfig gebrochen werden! Diese enge, dumpfe Stubenhaftigkeit tötete sicherer als Verhöre und Folter.

Sie schliefen beisammen auf den Fliesen und umschlangen sich so fest, als schlösse der eine noch im andern das letzte Stück Freiheit und wilde Natur im Arme. Was ihre rauhe Berglerart ihnen zeitlebens nie gestattet hätte, geschah jetzt: sie küssten sich wie Verliebte. Nun gab es für Poz'do nichts Schöneres anzustaunen, als seinen prachtvollen, steinharten Riesenvater mit dem krausen, rötlichgrauen Haar, dem geraden Rücken und dem tapfern Bart. So ein Held! Und nichts war feiner und ritterlicher für Sesto, als seinen Knaben, für den er früher nie recht Zeit oder Sinn gehabt hatte, endlich einmal sattsam zu betrachten.

Das hatte er ja gar nicht gewusst, dass er so einen grossartigen Buben besitze. Wie keck und üppig aufgesprungen waren seine hitzigen Lippen, wie frisch, dünkte ihn, töne noch die Melodie seiner ungebrochenen Stimme, wie unzerbrechlich glänzte die zwar von der Zimmerluft fahle, aber ungefurchte Knabenstirne, und wie tief hinab ging es in diesen kieselgrauen, immer feuchten Augen. Kam man da überhaupt auf den Grund? Schwamm und zappelte und wirrte es da nicht durcheinander und machte jeden Dreinblickenden, ehe er es sich versah, schwindlig wie beim Starren in ein tiefes, lebendiges Quellenwasser? Und was für ein Puls schlug in diesem Burschen! Am ersten Morgen wollte er den Wärter niederschlagen, am zweiten nur noch die Gitter ausbrechen und müsste er sich dabei auch alle seine zornigen Zähne ausbeissen. Aber am dritten Morgen wollte er dem Papst schreiben: Du, Onkel, sei nicht so stolz und komme mit uns zu reden!

Und immer schüttelte Sesto den Kopf und küsste den Buben auf die offenen Lippen und die kalten, wilden Zähne, als wollte er die Schärfe so gefährlicher Waffen mit seiner Liebe mildern. Aber als der junge Tiger nun erst recht schnob und fauchte, da hieb ihm der Vater eine schallende Maulschelle über die Liebkosung weg.

Darauf schwieg Poz'do viele Tage hindurch wie ein Stein, aber zergrübelte im Geheimen seinen unverbrauchten Verstand, um die Maulschelle zu verstehen oder doch herauszufinden, mit was für andern Vorschlägen und Streichen er dem Vater genehmer wäre.

Um die Zeit erwachte Sesto eines Nachts und meinte nicht anders, als dass er in seiner Küsterei in Paritondo sei und Frau Anizia ihm vor der Türe etwas gerufen habe wie von Sakristei, Kelch, Altartüchern. Mit einem Ruck wollte er aufspringen. Da sah er den vom Mond ganz gelb gemalten Gefängnisboden und mitten drin, wie mit Kohle kreuz und quer das Fenstergitter abgezeichnet. Das weckte ihn vollends, und nun wusste er klar, wo er sei. Er konnte nicht so bald wieder einschlafen, sondern musste es leiden, dass Gedanken der Freiheit, so golden wie der Mondschein hier, und Gedanken der Haft, so schwarz wie die Gitterschatten darin, ihm in trübseligem Durcheinander den Kopf verwirbelten. Aber nach und nach legte sich diese wilde Träumerei und der Mond, so forschenden und herzdurchdringenden Lichtes er oft ist, gab den Gedanken Sestos eine geordnete und klare Richtung in die Vergangenheit zurück. Er grüsste mit merkwürdig bekanntem Gesicht durchs hohe, spitze Fenster herein und redete wie ein Kamerad aus alten Tagen mit ihm: Weisst du, damals habe ich auch geschienen zwischen den wilden Kastanien am Portsassa, wo ihr den Kaufherrn Giarni aus Verona nackt geplündert und in die Rovanaschlucht geworfen habt ... Und damals habe ich wieder geschienen, als ihr im

Marchenstreit zwischen Spello und Foligno in den Garten der Väter Dominikaner schlichet und die ganze Sakristei ausraubtet ... Und in jenem September, wo ihr den deutschen Bischof bestahlt, seinen Kanzler und Hofkaplan niederhiebt, und den hohen Mann mit verbundenen Augen eine halbe Nacht lang in die Irre führtet, war ich tapfer mit dabei ... Aber damals, damals verhüllte ich mich hinter einer Wolke und traute nicht zuzuschauen, als ihr den frommen und mutigen Wallfahrer Durati, der ganz allein und unbeschirmt den Zehnten ins Waisenhaus nach Perugia trug, eurer vier oder fünfe zusammen, niederstachet. Das war Mord und Feigheit.

Das dumme, gelbe, schadenfrohe Mondlicht!

Am Morgen nach diesem unruhigen Lager war Sesto noch weit schweigsamer als sein Sohn und berührte keine Speise. Er fing an zu merken, dass er nicht bloss irgend ein Unrecht, sondern ein ganz gemeines Unrecht lebenslang geübt habe. Ihn fröstelte beinahe und er rückte ins Sonnenlicht, das dünn durchs Gitter hereinfloss und in dessen Strahlen wie auf einer goldenen Leiter viele lebensfrohe Fliegen mit Speckbäuchlein und Flügelgeglitzer auf und niederschwirrten und sich immer wieder gemütlich auf Sestos feuchte Krausen niedersetzen wollten. Zornig scheuchte er sie. Da schoss so ein Tier vor Schrecken in die oberste Fensterecke und blieb mit allen häckeligen Zehen im Gefäde einer Spinne hängen. Gleich rannte die hässliche, ungeheure Brigantin aus dem Verschlupf und umkrallte das arme Ding. Es schimmerte und schlug klingende Räder vor Angst, aber konnte mit allem Gezappel doch nicht loskommen.

Dieses Henkerspiel hatte Sesto schon oft ohne ein anderes Gefühl als das des Respekts vor der famosen Banditin beobachtet. Aber diesmal konnte er nicht zuschauen. Er hasste die Räuberin geradezu, und da er bei weitem nicht zu ihr aufreichte, rief er dem Buben, der wie immer nicht auf dem Teppich, sondern auf den kühlen Steinplatten lag und mit dem er schon lange kein Wort mehr gewechselt hatte. Er sollte ihm nochmals auf den Buckel steigen und das Gespinst zwischen den Stäben zerreissen. Aber auch so wollte es nicht in jene Ecke langen. Und im ganzen Raum fand sich nichts Dienliches, Stiel oder Stecken, womit man das Raubnest hätte vertilgen können.

Da zog Poz'do einen kleinen, gleissenden Taschendolch, den man zwischen zwei Fingern verbergen konnte, zum höchsten Staunen Sestos, unter dem Kittel hervor. Er hatte ihn, weiss Gott wie, im lang gewachsenen Haupthaar, das auch so feurig blitzte, oder im Ziegenkragen oder sonst auf einem katzenschlauen Um– und Überweg ins Gefängnis geschmuggelt und einen ganzen Roman von Befreiungskapiteln heimlich gedichtet, durch deren jedes dieser Stahl wie ein Erlöser leuchtete. Aber jetzt warf er alle Pläne von sich. Während seine langen, kieselgrauen Augen das Metall noch weit überblitzten, fragte er nur: »Soll ich?«

»Tu's«, nickte der Alte.

Da schmiss der Knabe den Dolch breitlings empor und gab ihm einen so schwungvollen Bogen durchs Netz hindurch, dass das Raubtier mit dem Messer und einem kleinen Fetzen seines Königreichs über das Gitter hinaus und in die Stadt hinunterstürzte, indessen die Fliege verwundet aber frei in die Sonne flog.

Die Gefangenen sahen dem zerrinnenden Pünktlein lange nach und legten sich dann frierend in ihren Schatten zurück. Aber ihr Herz sang ein neues, kleines Lied. War es ihnen doch, als hätten sie einen Mord gut gemacht.

Aber ach, wie viel Schuld blieb noch! In der Nacht darauf schlief Sesto bis Mitternacht auch nicht einen Augenblick. Wie viele Fliegen galt es noch zu retten! Und wog dann so ein Insekt einen Menschen auf? Seufzend wandte er sich, da traf er seines Sohnes wache, weitaufgesperrte Augen. »Vater«, bekannte der Junge leise und glänzte feucht über die mondbeschienenen Wangen herunter, »Vater, wir sind schlechte Menschen.«

Sesto drehte sich eilig gegen die Mauer zurück. Er gab keine Antwort. Doch seine Glieder zuckten vor unbemeisterter Erregung.

Aber in der dritten Nacht, als es irgendwoher zwölfe schlug, da sagte Poz'do plötzlich mit heller, unbesieglicher Knabenstimme: »Vater, wir müssen dem Papst zu Füssen fallen, dass er uns richtet, aber dass uns Gott vergibt. Mich plagen die Sünden in dieser stillen Stube da furchtbar.«

Da widerstand der felsige Alte nicht länger. Er drückte mit beiden Armen den magern, aber wunderlieblichen Burschen an sich

und liess ihn bis zum Morgen, wiewohl das Paar sogleich in einen
tiefen Schlummer fiel, nicht mehr von seiner erlösten Brust los.

4. Kapitel

»Nein, Mario, gib zurück!«

So rollte es rauh wie Bergwasser vom schriftüberladenen Tischchen am Fenster zu den Vorhängen der Türe zurück, wo der Kammerherr stand. Ist das eine See oder ein Wind oder eine Welteiche, die so lärmt? Nein, es ist nur das kleine, grauhaarige, aber breitschulterige Männlein in schneeweissen Talar am Tischchen, das ohne sich merkbar zu rühren und ohne den umbarteten Mund grösser als zu einem Schlücklein Wasser zu öffnen, gleich alle vier Wände mit Tosen erfüllt. Diese Stimme! ... Und noch etwas: diese kleinen, scharfen, eisigen Augen im staubigen Gesicht, kalt, schwer und doch so kugelig rollend und blitzend wie Quecksilbertropfen! Das ist Sixtus V. Sein langes, überhohes Gesicht scheint grau, verwittert und formlos wie ein Stein, mit drei Hammerschlägen gemodelt. Aber wenn man näher sieht, sind hundert feine Kerbe hineingeschnitten, vom Kranksein viele, vom Studieren noch mehrere und vom Kämpfen mit seiner und der Welt Wildheit die meisten. Am Fenster arbeitet er. Wie ein Adler vom Horst späht er von hier über die Welt unter sich. Keinen Teppich unter den Füssen und keinen Baldachin ob dem Haupte mag er leiden. Zu lange hat er nur Erde zum Lager und nur den hohen Naturhimmel zum Dache gehabt. Selbst das Seidenmützchen ist ihm lästig. Es liegt auf einer alten Abschrift der Septuaginta, Folium 44, auf dessen breiten Rand der Papst noch eben seine Glossen mit kleinen, scharfen Schriftzügen hingekritzelt hat. Wer das lesen kann, muss Augen wie ein Sperber haben. Und erst, wer das so schreiben konnte! Der sieht der Menschheit auf die letzte und feinste Naht.

»Gebt her, Mario!«

Der Kammerherr Mario de Zucco stand schon unter den Türflügeln und machte gerade die dritte tiefe Abschiedsverbeugung, als es wie Widerwind so heftig und ungeahnt vom Schreibtisch zurückbrauste. Vor Verblüffung blieb er auf den Knien liegen. »Eilig, Mann!« herrschte ihn Sixtus an. »Wir wollen darüber nochmals mit und zu Rate sitzen.«

Das war das erstemal, dass der Heilige Vater ein schon unterzeichnetes Schriftstück wieder zurückzog, er der strenge und bestimmte und unverrückbare.

»Und wenn die Barone draussen warten, so führt sie herein!« rollte die Stimme zu Ende.

Doch keiner der haderlustigen Herren, weder Paolo Mossi noch Arrigo Fanciolla harrten in den Vorsälen. Sixtus wäre froh gewesen, wenn die Zänker schon daständen. Er bleibt jetzt nicht gern mit dem Skriptum da allein im Zimmer. Er möchte jetzt am liebsten recht gewaltig arbeiten, da mit Exegeten über die heillose Schwierigkeit zwischen Matthäus 1 und Lukas 3, oder dort bei den Plänen mit Baumeister Fontana über die Reparaturen am Quirinal und über die oft geflickten Wasserwerke; oder er möchte grosse, schwere Rechtssachen untersuchen, urteilen, richten, strafen, Stunde auf und Stunde ab, bis zum Rosenkranz in der Sixtina, nur um den Bruder und Bruderssohn zu vergessen, die ihm so nahe leben, viele Wochen schon gefangen und immer noch nicht verurteilt. Sie wollen ihn sehen, sie heischen gebieterisch, mit dem Bruder und Onkel zu reden und das Gericht von seinem Munde zu empfangen, Gesicht gegen Gesicht, diese stolzen Bergleute und hochpochenden Verwandten.

Warum konnte er mondenlang nicht seinen Namen unter das Urteil setzen: »Enthaupten! Sixtus V.«? Sonst ging er so kaltblütig mit diesen dürren, tötenden Papieren um. Aber hier? nein! So oft er unterzeichnen wollte, sah er ein altes und ein junges Gesicht aus dem Blatt schauen, hörte Vaters und seine eigene Knabenstimme, roch den Duft der armen Bauernstube daheim in Grottamare, einen Duft von Stroh, Lehm und halbgedörrten Rosinen, und den viel süssern des ersten gedruckten Buches, das ihm seine ernste Mutter heimlich eines Abends zusteckte, als er schlafen ging. Es war die Geschichte des Papstes Gregorius des Grossen von Elemente Parvi, lateinisch für Schüler mit Regeln der Grammatik, und hatte das Weib die Arbeit von Monaten gekostet. Aber wie der harte Junge jetzt mit aufglühenden Augen dankte und bald das Buch, bald die Hand der Mutter hitzig küsste, da war alles bezahlt. Der Vater brummte zwar, aber liess ihn doch gewähren und lachte dann auch, wenn Felice später mit dem Pfarrer Latein sprach und es bald schöner und schneller konnte als der Priester selbst. O die ganze Jugendgeschichte öffnete ihre längst erloschenen Augen wieder auf diesem Papier. Denn da ging es um Fleisch von seinem Fleisch und Blut von seinem Blut. Er hatte seit einem Menschenalter sich frei und heimatlos und einsam geglaubt, ohne Ahne und ohne Nachkommen, ohne jede warme menschliche Gliederschaft, so recht wie sein Amt zwischen Himmel und Erde es brauchte. Und sieh, da kommen zwei Menschen, die ihm Bruder sagen und Ohm!

Er hasst sie und liebt sie. Ein entwöhntes Gefühl von Herzlichkeit will ihn bei ihrem Perettinamen ergreifen. Etwas wie damals, als er die Mutter küsste oder als er vor dem Konvent der Minoriten den Vater noch einmal geschämig und doch wild umarmte und dann schnell in den dunkeln Korridor entschlüpfte. Nie hat er seitdem wieder so gefühlt. Kalt ist er geworden wie ein Buch.

Aber es sind ja Banditen, punktum! Auf dieses böse Wort hin hatte er das Todesurteil rasch unterschrieben. Denn wie Erzengel Michael die Teufel, so hasste der Papst dieses Menschengezücht. Nein, nein, leicht soll es ihm werden, bei solchem blutigen Pack die Regungen der Natur zu unter ...

»Euere Heiligkeit, die Herrschaften di Mossi und Fanciolla!«

Feierlich führte Mario auf ein Nicken des Papstes die Gemeldeten ein. Der kahlköpfige Siebziger di Mossi und der sechzehnjährige Fanciolla, beide in braunem Samt und kurzem spanischem Degenmantel, aber ohne Waffen, traten mit einem Gefolge von Advokaten und Zeugen ein. Di Mossi ist anzusehen wie eine zähe, graue Regenwolke, Fanciolla wie ein junges, lustiges Morgenrot. Der hochadelige Bursche ist gestern mündig und unbeschränkter Herr seines gewaltigen Erbes geworden. Er lacht immer ein wenig frech vor sich hin. Seine Kirschenlippen kann er unmöglich schliessen. Die eine blutet üppig über das weisse Knabenkinn herab, die andere schwellt zur frechen Spitznase auf. Dazwischen blecken wilde, grosse Zähne wie Marmorblöcke und wollen alles, was Ordnung und Würde heisst, aus lauter lachendem Übermut wie Mandelnüsse zermalmen. Kläglich nimmt sich daneben der dürre Mossi aus, wie er den verschrumpften und zahnlosen Mund geizig zusammenknöpft. Die beiden Edelleute mit ihrem Chorus verbeugen sich dreimal in einem raschen, wunderbar gemeinsamen Rhythmus, wie nur Römer es verstehen. Es ist, als walle dreimal eine lange schöne Welle auf und nieder. Dann stellen sie sich in einem weiten Bogen vor dem Pontifex auf, di Mossi und Fanciolla an beiden Flügeln, dem Oberhirten zunächst.

Es ging der Streit um ein Grenzland, halb mit Oliven, halb mit Reben bestellt, am mittäglichen Hang der Volskerberge. In diesem Prozess waren massenhaft Advokaten bestochen, falsche Eide geschworen und eine Menge Bauern halbtot gepresst worden. Aber immer, ohne mit einem Flecklein Blut die zarten, weissen Hände der beiden Nobili zu besudeln. Die Sache wurde zum Landesärgernis. Sixtus hatte sich über den Fall genau unterrichtet und wollte ihn jetzt mit einem Machtspruch ein für allemal aus der Welt schaffen.

Er winkte lässig, die Kläger möchten sich nur ungeniert aussprechen. Dann blickte er hartnäckig und immer ein wenig im Barte krauend auf den Boden, wo in den bunten Marmor der schwache Richter Heli gezeichnet war, mit allem Drum und Dran der biblischen Erzählung.

Die Parteien begannen, eine nach der andern, ihre Gerechtsame und erlittene Unbill zu schildern. Die Juristen mischten Sätze aus den Pandekten und aus dem Pseudoisidor ein und machten das Verzwickte mit jeder Glosse noch verzwickter. Die biedern Zeugen nickten, die Mossianer, so oft der Greis nach heiserem Gelispel wieder den Geifer vom zahnlosen Mund wischte, die Fanciollaner, so oft der üppige Arrigo den leisen Jünglingsflaum nach einem besonders tapfern und klingenden Satz mit seiner roten Zungenspitze netzte. Die Gegner schoben einander in gesitteten und höflichen Worten die gröbsten Frevel in die Schuhe. Zuletzt redeten nur noch der kahle Mossi und der frische Fanciolla, jener giftig und mager wie eine alte Wespe durch den Saal surrend, dieser hochfahrend und spottselig wie eine Edeldrossel singend. Aber alles geschah in den süssen Lauten der römischen Hochsprache.

Sixtus hatte indessen den grauen, in seine sündigen zwei Söhne vernarrten Heli genügend in der ganzen Elendigkeit beschaut und fragte nun, ohne aufzusehen, möglichst leise: »Um was handelt es sich also?« Aber es rollte doch wie fernes Gewitter durch die Sala.

»Um ein Stück Wald und Weinland!« ward mit Wichtigkeit wiederholt, »zwölfmal so gross wie der Petersplatz.«

»Ein paar Oliven und Trauben,« wiederholte der Papst, »weiter!«

Tiefer noch neigte er die Stirne und reger spielten seine kurzen Finger im Bart. Es dünkte die Signori, er höre gar nichts von ihrem Zank. Er hatte wohl etwas anderes, Grösseres zu denken, dieser Mann der Weltgeschichte.

Die zwei führenden Advokaten verlasen jetzt Gutachten berühmter Bologneser Professoren, während Sixtus die gottlosen Buben des Priesters Heli verfolgte, wie sie am Tempeltor den opfernden Leuten Geld oder Geflügel oder ein frisches Böcklein abjagten und den Beraubten hintendrein erst noch ruchlos die Zunge nachstreckten. Konnten das nicht die zwei Peretti drüben in der Burg sein? Ganz Rom weiss, was die Paritonder gefrevelt haben, hundertmal mehr als diese biblischen Schurken. Und da sollte er den Heli spielen und auf seinem Stuhle die Gerechtigkeit verschlafen, damit das ungestrafte Verbrechen auf ihn auch so schnöde Grimassen schneiden kann? Niemals! – Sein weisses Haar fing an zu wehen und seine Stirne rötete sich. Aber die tiefen Quecksilberaugen, die schon so manchen Beherzten unsicher und schwach gemacht, blieben steif im Boden haften.

Diese Unaufmerksamkeit des gefürchteten Richters liess die Streiter nach und nach die Rücksicht auf den Ort, wo man stand, und auf die Person, zu der man sprach, immer mehr ausser acht setzen. Die Vorwürfe wurden heftiger, die Worte minder gewählt, die Melodie des Vortrags ging verloren. Endlich gab es Schimpfnamen, wie sie vor Seiner Heiligkeit nie hätten ausgesprochen werden dürfen.

»Du eitler Zuckerbube, zeig den Mädchen deine Zähne, nicht mir! Mir musst du einen Bart zeigen und noch etwas dazu ... Verstand!«

»Wo suchen wir ihn, ehrwürdige Ruine unseres Jahrhunderts?«

»Wo ein Naseweis, wie du, nie hinkommt!«

»Und Euere Knochenherrlichkeit nie war.«

»Dein Gebein wird freilich nicht alt. Die Dirnen haben es längst zermürbt. Man sehe deine Fratze! Was ist daran als Maul? Alles Maul! An Maul bist du David und Goliath in einem.«

»Ach, hättet auch Ihr nur so viel Maul, um küssen und trinken zu können. Alter Salomon, ich weiss, Ihr gäbet all Euer totes Getrümmer an einen einzigen der vielen Küsse, die mich hinterm Vatikan noch diesen Abend begnadigen. Aber Ihr, ich kann es würdigen, haltet ewige Quadragesima.«

»Fabelst du immer in dieser Höhe, hübsches Äfflein?«

»Wann hätte, o Patriarch der Rumpelkammer, der Aschermittwoch nicht auf den Prinzen Karneval geflucht, wie so ein Habenichts immer auf den Millionär flucht?«

»Gottes Wunder! im Unverstand stecken wohl deine Aktiven!«

»Im Verstand, Vossignoria, Euere Passiven!«

»Ein Esel, wer noch mit dir redet!«

»Wohlan, nun seid Ihr gut getauft!«

»Asino, asino ...«

»Fahret weiter,« rollte und grollte es da unversehens vom schneegewandeten, tiefgebückten Männlein in die Gruppe hinüber.

Nein, der apostolische Fischer musste tief in sein Weltgarn vergrübelt sein, dass er ihnen keinen Blitz, sondern dieses gedankenlose: fahret weiter! ins Gezänke warf. Er sann wohl über Philipp nach, der im Eskurial päpstlicher als der Papst sein wollte, und an den frühergrauten Schlaupelz in Paris, den vierten Heinz. Welcher war wohl der üblere?

Und weiter kreiste und jubelte das gottlose Duett.

Sisto aber fuhr weder nach Madrid noch Paris, sondern haftete jetzt am schönen Jüngling Samuel, mitten in Helis Türe stehend, links und rechts die Hand flach auf die Pfosten gestützt, weit aufgesperrt den reinen Mund und die grossen Kindsaugen, und das viele Haar gesträubt wie ein vom Geist Gottes am Schopf gepackter und unwiderstehlich getriebener Engel, schreiend mit Leib und Seele: Heli! Heli! ... Aber der mattherzige Richter hebt den Kopf kaum vom Kissen und sinkt wieder zurück in sein altes, feiges und feiles

Schlafmützentum. So oft Sisto dieses sündhafte Phlegma sieht, kitzelt es ihn gewaltig, diesen Schlappgreisen aus dem Mosaik da ins spasslose und schmerzhafte Leben zu reissen, vor sein Tribunal zu schleppen, ihm seine herzliche Verachtung ins Gesicht zu speien und den Alten alsdann dem Strang zu überliefern. Warum hat die Memme ihre Kinder verschont ... selbst, da der Herr ihn so schreckhaft gemahnt hatte! ... Ihn, Sisto, soll man nicht mahnen. Kein Samuel braucht zu kommen ... Schon diese Narren, die da vor ihm ihren Wahnwitz auskramen, sind Samuels genug, ihn zu warnen, wenn er ein wenig sollte geschwankt haben. Man sieht es hier: so würde alles Volk, wenn es keinen unbestechlichen Richter mehr zu fürchten hätte, die Jungen alles verlachend wie hübsche Papageie, die Altern belfernd wie blinde und taube Uhus. Und was hätte erst der Richter oder eigentlich Missrichter und Unrichter zu gewärtigen? Auf dem mittlern Mosaik des Saalbodens kann es jeder lesen: der Bote vom Feldzug ins Fenster hereinhängend ... dass die Helisöhne von den Philistern erschlagen worden, hat er bemeldet und immer noch nicht den Atem zurückgewonnen; nun der Vater selbst, hintenüber vom Sessel gefallen, das Genick zerschmettert, und vor ihm die heilige Justitia, baumlang und gen Himmel blitzend wie eine ungebrochene Lanze. Ja, ja, mögen der Lanzenträger noch so viele sich bücken und zusammenknicken, sie bleibt immer unversehrt und hochauf. Aber er will neben ihr stehen, ganz so gerade und ganz so hoch, so dass Lanze und Lanzenhalter eines sind, und man in alle Zukunft keins vom andern trennen kann. Wer Gerechtigkeit sagt, sagt Sisto und wer Sisto meint, meint die Gerechtigkeit. So war es bis heute. Weg Fleisch und Blut! Wir zwei sind aus härterem Stoff. Zum Spruche denn!

Sixtus liess die Rechte langsam aus dem Bart sinken, aber horchte nun ein Weilchen scharf der übeln Musik vor ihm zu, um aus der ehernen Bibel sich leichter in diese gegenwärtige Lappalie zu finden. Sein Gesicht war zwar von langen Priesterjahren mit hundert feinen Runzelfäden durchsponnen, aber im übrigen rauh und knochig wie seine Abstammung geblieben, und wie ein Stein lächelt, so lächelt er jetzt stumm über diese zierlich gebauten und blank gescheuerten Durchlauchten, die sich vor ihm in die Haare gerieten, wie die Gassenbuben im Trastevere. Es war, als lache der uralte Bauer über den uralten Kavalier der Weltgeschichte.

»Signori,« fragte er nun, bemüht, den Donner seiner Stimme so gut er konnte zu verbergen, »sind es denn wirklich ein paar Krüge Öl und etliche Schüsseln voll Trauben wert, dass sich meine durchlauchtigsten Söhne so erhitzen! Was meint Ihr, liebe Fanciullini?«

Stille, dann ein greises Hüsteln, dann ein Kräuseln der Knabenlippen.

»Ich sehe klar, das Unrecht liegt auf beiden Seiten und keine Partei, auch die obsiegende nicht, möchte sich fürder an diesem dubiosen Stück Erde edelmännisch, ich meine, so recht in Ritterehren erlustigen. Nun wohl, erspart uns allen ein weiteres! Hier Signori,« der Papst drückte die Faust auf einen Aktenstoss seines Tisches, »hier ist für jeden Fürwitz die nötige Antwort, aber noch unbarmherzig viel mehr enthalten. Seid weise und lasset es euch darnach nicht weiter gelüsten!«

Das Hüsteln wird erstickend dünn. Der alte Mossi knöpft die Lippen verzweifelt zusammen. Aber dem Fanciolla züngelt das wahre, adelige Blut in zwei roten Fackeln die bleichen Wangen herauf, und Zähne und Zunge lachen ihm sozusagen wie einem vergnügten jungen Leu aus dem offenen Maul.

»Gebet also, Signori, den nichtigen Fetzen und seine ganze Plackerei dem Gubernatore in Orvieto zuhanden der dortigen Notleidenden. Es hat davon in jener Gegend eine schreckliche Menge vom Krieg und vom verflossenen Hungerjahr her. Pauperibus, figliuoli miei, pauperibus!«

Als der graue di Mossi auch noch dieses letzte übelriechende Wort geschluckt hatte, verzog er sein wohlgepflegtes und glattgeschminktes, steinaltes Gesicht, als hätte er Rattengift bekommen. Und von einer solchen unglücklichen Ratte unterschied ihn auch wirklich nichts weiter, als dass er in hübscher Verkleidung und ohne sichtbaren Schwanz auf den Hinterbeinen aufrecht stand.

Aber der frische Bube Fanciolla lachte grossartig und rief dann mit klirrenden Zähnen: »Euere Heiligkeit hat vollkommen recht. Ich trete meine Ansprüche all diesen Käuzen und armen Hungerleidern von Viterbo ab. Das ist die Stadt meiner Väter. Der möchte ich das Almosen zuhalten.«

Sixtus nickte dem Bürschchen, das aus einem Cherub und einem jungen Teufel in den einen Junker Arrigo die Fanciolla zusammengegossen schien, ein wenig unwillig und ein wenig wohlwollend zu. Dann richtete er das Auge auf den Alten:

»Und Ihr, Edler von Mossi?«

Der Gerufene schrak zusammen und zitterte über den ganzen Leib. Dann aber schoss er bissig auf und pfiff giftig aus seiner grauen Rattenseele heraus: »Ich, oh no no no! Der Prozess soll entschei...«

»Di Mossi«, fuhr es jetzt wie ein Donnerschlag neben ihn in den Boden. Alle hoben die Köpfe. Wenig fehlte und sie hätten sich auch noch bekreuzt.

»Ich weiss«, donnerte das päpstliche Gewitter weiter, »wie du auf deinen Gütern vom Umbrischen herauf bis zu den Abruzzen deine Pächter und Zinseintreiber schalten lässest. Die Bauern müssen vom Stehlen leben, wenn sie nicht verhungert in deinen Schollen umfallen sollen. So übel saugst du sie mit Zehnt' und Fron aus!«

»Heiligkeit!« stöhnte die Mossi. Jedes Wort geisselte ihn. Aber am meisten brannte es seinen uralten Grafenstolz, dass der Papst ihn so derb duzte.

»Auch Ihr, Marchese Arrigo di Fanciolla«, sprach Sixtus und zielte mit dem kurzen, dicken Zeigfinger auf den Jüngling, »geht wild und herrisch mit Euern vielen kleinen Leuten um. Aber freilich, Ihr seid noch jung und hitzig und habt kein besseres Vorbild gehabt. Auch sagt man, dass Ihr Herz besitzet und Euern Knechten nach der Peitsche wieder Wein und Kuchen gönnet ...«

»Heiligkeit!« wehrte Arrigo überglücklich ab.

»Milch und Brot sollen sie haben, das ist das wenigste«, rollte die Stimme des weissen, kleinen Mannes nun furchtbar schwer über beide schuldige Häupter, den Kahlkopf und den Bubenwirbel. »Was soll ich das Land von Dieben säubern und die Banditen aufknüpfen und – –« hier stockte das Gewitter einen schwachen Augenblick, aber polterte dann um so gewaltiger fort, »und den eigenen Bruder und Neffen unter das Beil schicken ...«

Tief und in feierlichem Anstand neigten hier alle die Stirnen.

... »Was hilft das, wenn ihr das arme Volk durch Euern Geiz, di Mossi, und durch Euere Tollheiten, Fanciolla, doch immer wieder in Verzweiflung treibt, bis ihnen nichts mehr übrig bleibt, als Briganten zu werden? Signori, Signori, bekennet, wo finge ich besser mit dem Galgenstrick an, dort oben im Gebirge oder hier in Rom bei meinen Adeligen mit Ring und Reif!«

»Hier,« sagte mit seinen klirrenden Zähnen der junge, raschblütige Marchese und das Rot seiner Wangen fing an, aus dem hellen Übermut in eine dunklere Scham überzugehen.

»Hier,« wiederholte er ehrlich und tupfte schuldbewusst an seine, aber hernach gleich auch mit kindischer Schadenfreude dem alten Widerpart an die Brust.

»Geht! ... dass ich kein Wort mehr von jenem Erdhäufchen höre! Ein paar Oliven und Reben galten euch mehr als eine ganze verhungerte Provinz. Seid froh, dass ich dieses Verbrechen so sanft abtue. Das Gut gehört von jetzt an der Armengemeinde von Viterbo, und Ihr, junger Herr, leistet mir ein Probestück Eueres gebesserten Adels, indem Ihr als Schirmer und Verwalter des Vermögens darüber wie über Euer Liebstes wachet und fleissig sorget, dass jene Oliven und Trauben in die richtigen Teller fallen! Gehet!«

»Euern Segen, Heiligkeit!« hörte man jetzt den alten di Mossi mit halbtoter Stimme betteln. Wenn er dann gar nichts aus der Audienz rettete, so wollte er wenigstens den einen Profit einer solchen Gelegenheit nicht fahren lassen und dem Pontifex zum mindesten einen recht scharfen Segen für das Übriggebliebene abmarkten. Denn bis ins ungreifbare Geistliche und Heilige trieb es dieser Geizhals mit seinem Prozentenhunger. Vom päpstlichen Segen, so nahe, im gleichen Saal, nur auf vierzehn Köpfe verteilt, erwartete sein sonderbares geschäftliches Christentum mindestens einen zwanzigprozentigen Nutzen.

Geduldig wie unser Herrgott, der über Täubchen und Geier die Sonne aufgehen lässt und beim ersten wie beim tausendsten Mal unerschütterlich hofft, dass doch jetzt, jetzt ein Fünklein solcher Gnade auch einen schlimmen Vogel zur Tugend führe: so breitete Sixtus seine weissen, rauhen Hände aus und segnete mit gewohnter Langmut, was da vor ihm in buntscheckiger Stimmung niederkniete und ein schallendes Kreuz von der Stirne zur Brust schlug.

Dann küsste vom Prozessvölklein eins ums andere den Fischerring und ging mit dreimal gebogenem Knie von dannen.

Als sich Sixtus allein sah, ward ihm, dem audienzumlagerten Greis, ungefähr so viel leichter wie einem Gärtner, der von dickem Gestrüpp umwuchert, sich wieder einmal mit der Axt Luft und Licht geschaffen hat. Der kleine Herr erhob sich, nahm das Todesurteil der zwei Peretti wieder vom Tische und mass den Saal mit jenen breiten und in die Knie hotzelnden Schritten, wie er sie aus dem Bauernland gebracht, in der Klosterzucht dann abgehobelt und in der Prälatur poliert hatte, aber seit der päpstlichen Omnipotenz wieder in der rohen, ursprünglichen Zimmerung übte, zum Verdruss der spanischen Kardinäle, zum Spass der französischen, aber zur herzlichen Genugtuung der Schweizergarde, die in Pluderhosen und Harnisch ihr Hirtenblut nicht verleugnete und da einen verwandten Tropfen herausfühlte.

So ging Sixtus auf und ab, immer rascher, um sich nun auch zum zweiten Gerichtsspruch zu ermannen, und immer, wenn er gegen die Helischilderung geriet, richtete er es so ein, dass er mit einem herschreitenden Fuss dem jüngern, mit einem zurückschreitenden dem ältern Schurken mitten in den Nacken trat. Dabei trug er sich seine Gedanken in lauter, eindringlicher Rede vor, als währe es eine offene Gerichtssitzung:

»Die ganze Stadt weiss, dass mein Bruder und Nepote als Briganten festgenommen und in die Burg geworfen worden sind. Ich habe es sogleich und ungescheut laut werden lassen.«

»Aus Eitelkeit?«

Sixtus sah auf die Seite, wo er sich immer einen Doppelgänger in schwarzer Bettlerkutte vorstellte, den Mönch Sixtus, der dem Papst Sixtus ins Gewissen redete. Dieser arme, geringe Sixtus hatte soeben gesprochen.

»Nein, Frater reverende, nicht aus Eitelkeit, glaub' ich, sondern aus weiser Vorsicht, um mich vor aller Welt zu binden und gegen meine eigene Schnödigkeit zu sichern, wenn ich über unsere Familie den Stab brechen muss. Dass ich unparteilich sein kann, darum!«

Damit trat er dem ältern Helibuben mit der ganzen Sohle seines breiten Bauernfusses auf den Kopf.

»Die Gesandten werden es nach Wien und Paris und Madrid berichten, und gross wird der Respekt in der hohen und niedern Christenheit sein, wenn es heisst: weil der Bruder Sesto ein Räuber war, hat der Bruder Sisto ihn wie irgendeinen andern Schuldigen köpfen lassen. Es waltet noch, so wird es wie ein Lied klingen, auf dieser bestechlichen Erde wenigstens ein unbestechlicher Richter. Das heidnische Rom hatte einen Brutus, hier ist der christliche Brutus! Die Bücher der Geschichte werden betitelt: Petrus der Apostel ... Gregor der Eiferer ... Innozenz der Glorreiche ... Julius der Soldat ... Pius der Heilige ... aber dann ... aber dann ... Sixtus der Gerechte!«

»Der harte, der herzlose!« lispelte es nebenan.

Der Papst besah sich stirnrunzelnd den Einwand.

»Es ist wahr, concedo, ich fühlte bisher nichts für die zwei Verwandten. Ich kenne sie nicht, weiss nicht einmal, wie sie aussehen. Ihr Tod kostet mich keine Träne. Habe ich Brutus gesagt, christlicher Brutus? Das war falsch. Brutus hat fast seine Seele aufgegeben, als er das Schuldig über seinen Sohn verhing. Ich kann es kalt tun. Diese Gerechtigkeit ist kein Heldenstück. So weit, frommer Bruder, hast du recht.«

Diesmal ging er an den Söhnen Helis vorbei. Er wusste selbst nicht wieso. Aber dem gottvollen Mahner Samuel wich er mit einer respektvollen Schleife schon von weitem aus.

»Jedoch, ob kalt oder warm, das wiegt hier nicht mit. Hier gilt nur die lieb- und leidlose Sache,« beruhigte sich der Papst. »Nur die heilige Sache!«

»Und doch auch, Heiligkeit, deine minder heilige Person,« kam es zurück.

»Warte, warte, du bist zu hart; ja, parteiisch gegen mich. Das leugne ich ja nicht, wenn mein Gericht zu den Thronen und Pulten dringt, macht es mich berühmter, als wenn ich die alte Elisabeth bekehrte oder den Sultan am goldenen Horn taufte.«

»Heiligkeit, wozu dieses Berühmtsein?«

»Es nützt, es nützt. Du kannst das nicht verstehen, du bist ein weltverkapselter Zellenmensch. Ständest du aber oben auf meinem windumbrausten Petrusgipfel, die Kirche in der einen und meinen Staat in der anderen Hand, du würdest anders reden. Dieses Todesurteil wird mich furchtbar machen weitum im Lande. Und furchtbar muss man heute sein, will man der Welt Gutes erweisen. Kein König wird ein Privileg mehr fordern, wenn ich ans eigene Blut keines gehen lasse. Das Volk aber wird sagen: So haben wir es erwartet. Er ist gerecht. Er haut die eigene Hand ab, wenn sie ihn ärgert ... Ich aber füge bei: Nun wohl, so reiniget auch euch jetzt, ihr Millionen Hände, die ihr so viel Ärgernis in die Welt schafft; ihr Vagabunden im Gebirge, ihr Strassenräuber, ihr Schmäher und Schimpfer der Obrigkeit! Aber auch ihr, Volkspresser und Brandschatzer, reiniget eure Hände! ihr beschnittenen und unbeschnittenen Nörgeler der Religion, du, Elisabeth von England, und ihr, rauhe Wasa in Schweden, du, Barbar Iwan zu Moskau, du, Türk an der Donau, aber auch du, schlauer Graubart zu Paris! Reiniget euere Hände, ihr Sünder alle, der Richter naht und haut sie ab und wirft sie wie faules Holz ins Feuer, so wahr er sein eigenes Glied nicht geschont hat ... still, rede nicht weiter, Sixtus Mönch! Du bist ein Heiliger, aber kein Politiker. Ich muss beides sein.«

Und indem er das in seinen langen weissen Bart schüttelte, ward sein Mut wieder hoch. Er schritt wie ein König über die biblischen Schlingel weg und trat mit einem letzten, wuchtigen Schritt dem ohnehin zerschmetterten Heli ins Genick. Dann schellte er laut.

»Zucco, trag den Brief sogleich zum Kommandanten auf die Engelsburg!«

»Also doch noch der alte Pontifex«, murmelte der Kammerherr im Ausgang.

Aber Sixtus hatte heute einen guten, wahrhaft fürstlichen Tag. Von Österreich gingen günstige Berichte über die Operationen gegen den Muselmann ein. Auch predigte Canisius im Stefansdom bei gewaltigem Zulauf und grosser geistlicher Erbauung. Wenn er mit dem Rufe Jesus schliesse, sei es, als lohe ein überirdisch Feuer aus ihm. Aus Indien und China gingen Briefe von den Patres Ricci und Nobili ein, worin sogar von der Taufe mehrerer Prinzen die Rede war. Und in der Hugenottenstadt La Rochelle war ein anderer Jünger Lojolas zu Tode gemartert worden, ohne dass er aufgehört hätte, noch aus Feuer und Messern heraus den Namen Jesus zu singen.

»Immer die Ignazianer, immer dieselben!« rief Sixtus mit einer beinahe unwilligen Bewunderung. »Was ist doch das für eine kühne Miliz Christi! Tut nichts ohne Jesu, alles für Jesu! Mögen sie denn in Gottesnamen Jesuiten heissen!«

Nach diesem Entschluss, gegen den er sich monatelang gesträubt hatte, langten gegen Abend noch dreihundert neugeprägte Dukaten der Signoria von Venedig für den Schatz des heiligen Petrus an.

Als die Pagen nach dem Aveläuten unter Vorantritt Zuccos die kleine, einsame Mahlzeit auf silberner Platte wie immer hereintrugen, wies Sisto die Tafel zurück und sagte seltsam weich. »Zucco, ich möchte einen Minestrone rustico, so eine Winzersuppe, wie sie die Bauern um Ancona herum geniessen. Ich hab' sie als Bub dreimal im Tag bekommen und möchte sehen, ob sie auch dem Papst noch schmeckt. Es hat darin Mehl und Rosinen und Fenchel und viel Tomate und wird dick wie Leim gesotten, so dass der Löffel aufrecht darin stehen kann. Rüste mir das, und in einem Holznäpflein, dass alles stimmt!«

Die vornehmen Orsini- und Colonnabüblein, deren feine Schnäbel nur Taubenbraten und Pfirsichpasteten aus silbernen Tellern naschten, verzogen ihre zarten Schelmengesichter vor diesem barbarischen Speisezettel. Di Zucco aber verbeugte sich würdevoll und sagte zeremoniös: »Wie Euere Heiligkeit befehlen! Aber ein Holznapf dürfte im ganzen Vatikan nicht aufzutreiben sein.«

»Sind wir so arm!« spöttelte Sixtus mit einem feinen Lächeln. »Dann holt nur einen aus dem Franziskanerkonvent!«

Wie nun der Papst seinen Minestrone selig aus dem Holzteller löffelte, fiel der letzte flache Strahl auf den Obelisk mitten im Petersplatz. Noch nie war dem Heiligen Vater dieser ägyptische Stein so schön vorgekommen. Glich er nicht durchaus der Gerechtigkeit, so steil, so hart, so gerade und mit so goldener Spitze in den Himmel zielend?

Freilich im Hintergrund starrte die schwere, runde Masse der Engelsburg in den dunkelnden Himmel auf. Seit Wochen konnte Sixtus nicht ohne Bitterkeit dorthin blicken. Aber jetzt war auch das vorbei. Ruhig schaute er zur Festung. Alles wird ja nun gesühnt. Er hat seinen eigenen seelenklugen Beichtvater Zaccaria Mense hinübergesandt, dass er die beiden zum Sterben wohl vorbereite und ihnen hernach den päpstlichen Segen erteile. Auch muss er ihnen versichern, Seine Heiligkeit werde für die Witwe daheim und für die ganze, arme Gemeinde wie ein Vater sorgen.

Indessen schlagen nachts am Lateran, am Quirinal und auf der Engelsbrücke die Kanzlisten auf besondere Weisung des Papstes folgende Bekanntmachung an die Mauern:

»Wegen Raub und Totschlag sind auf obersten Entscheid zum Tod verurteilt und in der Frühe des Morgens, 20. September, enthauptet worden: Sesto und Poz'do Peretti, Bruder und Neffe Seiner Heiligkeit Sixtus V.«

Wenn die Römer das morgen lesen, ist das Beil schon zweimal gefallen. Einige wenige vielleicht, die den Kanzlisten im Dunkel neugierig gefolgt sind, lesen den Spruch heute schon bei der Fackel und erzählen ihn daheim und haben eine schlechte, spukhafte Nacht und stecken beim Morgengrauen, wann das Eisen die zwei Köpfe mäht, ihren Hals schaudernd und fröstelnd ins warme Bett zurück, indem sie stottern: Herr, sei den armen Sündern gnädig!

Sisto, der Papst, räumt und schabt indessen gemächlich den Napf aus und liest von Zeit zu Zeit ein Blatt Salat dazu aus einem zweiten Holzgeschirr. Das gehört dazu. Es hat geschmeckt wie zu Kindeszeiten, und jeder Löffel voll hat einen Haufen alter Erinnerungen geweckt. Aber mit dem Minestrone hat er ihr Weichmütiges und mit dem Salat ihr Bitteres rasch hinuntergeschluckt und nur das Drollige und Herzhafte davon ein Weilchen gleichsam auf der Zunge behalten.

Wie Zucco abtischte, sagte der Papst: »Das will ich nun immer nachts so haben, in dem Geschirr da. Woher hast du aber auch gleich zwei so artige Näpflein bekommen? In der Zeit warst du doch nicht in San Francesco!«

Di Zucco entfärbte sich leicht und ein Angstschwindel trieb ihm alles Blut unters Haar hinauf. Aber seine Etikette war stärker als Schwindel und Tod. Mit einer präzisen Verneigung trat er einen Schritt zurück, stellte sich wieder im seideknarrenden Koller steif in die Höhe und sagte im reinsten römischen Kammerherrenstil:

»Euere Heiligkeit haben geruht, aus einem Napf, wie ihn die Gefangenen der Engelsburg gebrauchen, den anbefohlenen Minestrone rustico und den Salat dazu zu essen. Die Minoriten speisen jetzt, wo das Holz so rar und teuer ist, aus irdenen Töpfen.«

»Aus der Engelsburg?« wiederholte Sisto erschüttert. »Sag alles!«

»Es sind nur diese zwei Näpfe frei gewesen, von einem verurteilten Paar, Vater und Sohn ... die ... die ... kein Geschirr mehr brauchen.«

Di Zucco weiss genau, wer die beiden sind. Auch der Papst weiss es. Aus dem Schüsselchen des Bruders hat er den Minestrone, aus dem Näpflein Poz'dos den Salat gegessen. Da ist weiter nichts mehr zu sagen.

Sixtus winkte denn auch stillschweigend seinem Zucco, ihn allein zu lassen. Es litt ihn nicht, einen Zeugen seiner unbemeisterten Seele zu haben. Er langte zum Brevier und las den härtesten der Psalmen, seinen Liebling, den zweiundachtzigsten, der wie ein zorniger Wind aus der Bibel stürmt und den Papst schon oft tapfer gemacht hat. Er fühlt sich auch jetzt gekräftigt und wagt sich lesend in den nächsten Psalm vor. Aber der streckt seine weissen Hände nur zum Segnen aus und singt: Selig der Mann, der bei dir Hilfe sucht ... Welch' ein Spruch! gerade jetzt! ... Sixtus blieb bei diesem Vers fassungslos stecken.

5. Kapitel

Ohne Widerwort haben Sesto und Poz'do das Urteil verlesen hören. Morgens früh um fünf Uhr gilt es also! Achte hat es schon vom Turm geschlagen. Noch ein paar Stunden ist ihr Leben wert.

Dann haben sie den Priester Zaccaria Mense empfangen und laut und ungescheut voreinander und miteinander gebeichtet, Vater und Sohn. Dem Geistlichen ist so ein Beichten noch nie vorgekommen, so viel Roheit im Tun und so viel Einfalt im Denken, dieses grobe Räubertum und diese Feinheit, ihm ihr Bettkissen unter die Füsse zu schieben und mit nackten Knien auf dem kahlen Steinboden zu liegen, bis er sie absolviert hat. Morgen früh, sagte Zaccaria unter der Türe, würde er nochmals kommen. Eine Stunde vor ... er verschluckte das grimmige Wort, etwa um vier Uhr. Ob es so gefalle? Gut! Er wolle sie dann mit seinem Arm kräftig bis zum Leiterchen und mit seinem Gebet bis an die Himmelspforten geleiten. So habe der Papst es ihm auf die Seele gebunden. Nun möchten sie nicht weiter grübeln, sondern tüchtig schlafen. Alles sei ja nun geschlichtet.

Aber ans Schlafen mochten sie jetzt nicht denken. Nur noch sieben Stündlein dürfen sie leben. Gott! und die sollten sie noch verschlafen! Nein, wenn sie je im Leben wach waren, wollten sie es jetzt sein, wach wie nie, wach nicht wie zwei, wach wie zehntausend Wächter des Lebens. Keine Minute soll ihnen entgehen.

Sesto wundert sich über den Papst. Er hat der Witwe in Paritondo Geld für ein Haus und einen Acker und zwei Kühe und eine Stallmagd zugesagt. Sisto ist doch gut.

»Aber er hätte uns grüssen sollen,« betont Poz'do hartnäckig. »Er ist stolz. Er tut nicht wie Christus. Christus hat keinen Apostel zu den Sündern geschickt. Er ist selbst zu ihnen gegangen.«

»Sei still, Knab!« forderte Sesto. »Wir wollen nicht mehr an das, wir wollen ans Sterben denken, auf dass wir es morgen nicht fürchten, wenn wir das Beil und den Scharlachenen sehen.«

»Ich fürchte mich ja gar nicht!« erwiderte Poz'do und reckte seinen abgemagerten Leib und blähte die bleiche Spitzbubennase frech. »Es geht ja so schnell vorbei wie ein Schluck Wasser. Wir sagen einander Addio ... eins ... zwei ... drei ... und wir küssen uns schon im Paradies. Nicht wahr, Vater, so ist es! ... Aber wer soll zuerst gehen? Willst du, Vater?«

Sesto erbebte bei der Frage. In diesen vergitterten und verriegelten Wochen hat er seinem Vaterherzen die lebenslang verschlossenen Türen sperrangelweit geöffnet und seinen Poz'do wie ein Nesthöckerchen in sich aufgenommen und weich gebettet. Erst jetzt ward er Vater und liebte wie ein Vater. Nun könnte er sein Kind unmöglich sehen, wie es vor dem Block abkniet, den Hals blosslegt und sich den rotverstrubelten, tapfern Knabenkopf abschlagen lässt. Früher hätte er sich daraus eine Ehre gemacht, zuerst den Sohn wie einen Helden sterben zu sehen und dann dem Henker zu sagen: »Sieh', so sterben die Peretti. Fein hat dir's mein Sohn gezeigt. Nun pass auf, was der Vater kann!« ... Aber dieser Stolz ist vorbei. Sesto ist ein anderer geworden.

»Vater«, wiederholte der Jüngling, »willst du zuerst daran? Ich möchte lieber! Ich mache es dir vor. Du sollst dich freuen, wie ich gar nicht zittere, wie ich noch lache zum Tod.« Indem er das sagt, lacht er auch schon mit den harten, kieselsteinernen Augen. Schmeichlerisch kniet er zum Vater auf der Matratze und strählt ihm mit allen zehn Fingern den üppigen, verwilderten Zuchthausbart. »Gewiss, dabei bleibt es, ich sterbe zuerst. Dann wird es dir leichter, wenn du nicht zurückschauen musst: kommt mein Bub auch herzhaft nach? lässt mich nicht zu lang allein drüben warten? Es ist zuerst sehr finster und ernst im Jenseits. Da wollen wir eng nebeneinander gehen. Darum lass mich voraus und komme gleich nach! Nicht wahr, so, Vater!«

»Schatz meines Lebens, niemals, niemals! Lass mich voran! Ich bin dir im Bösen vorangegangen, jetzt will ich auch im Guten zuvorderst sein.«

»Vater, wenn ich nur zusehen könnte! Aber ich muss mir das Gesicht verhalten. Und doch möchte ich dich bis zuletzt im Auge haben, und gar nichts anderes, o dilettissimo padre!«

»Du wirst es schon aushalten, Figliulo mio! Du bist und bleibst ja doch immer mein starker, munterer Poz'do. Nein, du wirst mit keiner Wimper zucken. Nur lachen wollen wir nicht. Wir wollen weinen, wenn wir können. Es ist nicht zum Lustigsein, wenn man sterben muss ... jetzt schon sterben, bevor ein einziger Knochen müde geworden ist, und einem das Blut noch so heillos ... ach, ich Narr, was red' ich von mir! Nein, aber du, du junger, wildwüchsiger, vollblütiger du ... da du noch so Schönes und Grosses leben könntest ... Ach, Poz'do!«

Den Gewaltigen übermannte es von allen Felsen, die Poz'do noch überklettern, von allen Sonntagen, wo er Messe läuten, von allen hübschen Bergtöchtern, unter denen er sein Gepons auslesen könnte.

»Vater, Guter, Liebster, nicht weinen! Tu mir's zu lieb und weine doch nicht!« heischte Poz'do. Er dachte gar nicht mehr wie der Vater über die Gitter hinaus. So war es nun einmal, also!

Eine kurze Zeit, während der man die Mäuse im Luckenwerk herumknuspern hörte, schwiegen die Peretti. Aber rasch raffte sich auch der Vater wieder auf und meinte ernster als je: »Du hast soeben dem Richter zum voraus verziehen, und dem Henker und allen Plaggeistern, so wie dir Gott im letzten Stündlein verzeihen soll. Aber, Bub, Bub, nicht die Musketieri haben dich aus unserem lieben Dorf dahergeschleppt und nicht der Scharfrichter köpft sich morgen in diesem Loch ... ahi, ich bin's, ich, ich, ich! Kannst du mir das verzeihen? Du sagst ja ... weil du das Leben noch nicht kennst. Aber wenn du es kenntest wie ich, oder wenn drüben in der Ewigkeit dich ein Engel aus einer Wolkenhöhe herab über das ganze, herrliche Leben schauen lässt, das du noch vor dir gehabt hättest, o dann wirst du mich da drüben, wo sonst wohl alle Bitterkeit aufgehört hat, noch trotz der süssen Engel und der allersüssesten Madonna, die das nicht hören kann, für alle Ewigkeit verfluchen ...«

»Vater!« fuhr Poz'do bitter dazwischen.

»O wär' ich ein anderer gewesen,« grollte Sesto unaufhaltsam weiter, und die Gier des Lebens übernahm ihn auch schon wieder für sein eigenes graues Haar, »wahrhaft, wir stürben morgen nicht, und noch fünfzig Jahre nicht. Wir lägen jetzt im Gras am Sassalpe, wo der berühmte Barbone den Wolf zum Teufel gehornt hat, und besähen uns das heimelige Tal zu Füssen, oder wir ässen jetzt Erdbeeren im Querciawald, oder wir kletterten in den sibyllinischen Gipfeln herum, jagten und schössen auf Adler ...«

»Und auf Menschen, Vater, das auch!«

Sesto stutzte. »Ja, ich habe dich morden gelehrt, du hast recht,« schrie er auf, »und darum sage ich ja, hast du meinethalb alles verloren, die Berge und die Ziegen darin und die Hütte von Paritondo und das Messläuten und die Freiheit und die Ehre und das Leben. Dich sollte man am Leben lassen und mich dafür zweimal töten.«

»Vater, dummes Zeug, was du sagst, schweig' doch!« trotzte jetzt Poz'do. »Das ist alles nicht wahr. Viel besser weiss ich, wie du mich nie hast mitnehmen wollen. Oft, wenn ihr Mannen euch zu einem Streich fertig machtet, hast du mich auf die Alpe Pigori geschickt für nichts und wieder nichts. Einmal musste ich an die Schafschur nach Visso und vielmal im Querciawald Eichenrinden suchen. O ja, immer wolltest du mich weghaben. Da bin ich dir aber einmal doch nachgeschlichen. Weisst du noch, über der Majaschlucht, wo ihr ein Feuer machtet, traf ich dich. Die andern riefen: ›bravo, Poz'do, bravo!‹ Aber du hast mich ...« – Poz'do lacht mit allen breiten Zähnen – »halbtot geprügelt und wie einen Hund heimgeschickt. Das zweitemal aber widerstand ich durchaus und da sagtest du: ›In Gottes Namen, wir können nichts dafür, das liegt im Blut!‹ So, Vater, hast du gesagt.«

Was sollte Sesto darauf entgegnen? Es ward ihm schwerer und leichter zugleich, wie einem, dem man aus der einen Hand nimmt und in die andere gibt. Es war froh, als in das ratlose Schweigen Schritte vor dem Verlies erschollen. Die drei Eisenriegel des Pförtleins wurden weggeschoben. Der Wärter erschien in der Öffnung. Bisher kalt und mit den stummen Äuglein schon zum voraus jede Frage ablehnend, war er jetzt wie ein umgekehrter Handschuh geworden. Er trug ein Körblein am Arm, verneigte sich damit höflich und warf in einem tüchtigen Schwung ein reines Tischtuch über ihren Steinklotz, an den sie tafelten. Zugleich winkte er den Pagen herein, der hinter ihm noch auf der Schwelle wartete. Dieser trug eine weite Silberplatte auf den Armen mit Krüglein und Tellern und Bechern, die lustig aneinanderklingelten und einen unsäglich feinen Duft von Gebratenem und Gebackenem in diese Hungerzelle ergossen. Überall am Geschirr war die dreifache Krone und das gekreuzte Schlüsselpaar Petri eingestichelt. Der Page hatte aber, das sah man seinem sirupverschmierten Stupsnäslein und dem Kinn und breiten Krausenkragen an, unterwegs wie ein Vogel mit dem Schnabel aus der gehäuften Pfirsichschale stibitzt. Denn an den Henkeln des schweren Tabletts konnte er keinen Finger frei bekommen. Nun hatte er wohl rasch den süssen Verrat ums Mäulchen mit der Zunge säuberlich abgeschleckt, so dass es da wie die lautere Unschuld aussah. Aber die Spitzbüberei an Nase und Kinn, wohin die längste Schelmenzunge nicht reichte, widerlegte ihn gewaltig. »Seid nicht böse,« wollte er darum fröhlich bitten. Aber als er nun zum erstenmal mit seinen Salonstiefelchen in so ein entsetzliches, unmenschliches Freiheitsloch klapperte und den Moder der schimmeligen Wände roch und als er gar den schönen, wilden Buben da sitzen sah, wohl einen gleichalterigen und doch schon Ring und Kette an den Füssen und weiss Gott was für Missetaten auf dem Gewissen, ach, da zerrann ihm der Spass, und er besann sich nur noch auf seinen kurzen Auftrag. Mit wohltönender, aber zitternder Stimme lud er ein: »Signori, erlabet euch! Das Gedeck kommt von seiner Heiligkeit Allerhöchstselbst. Es ist das Geschirr und Nachtessen des Papstes. Er bittet euch, sich dessen mit so gutem Herzen und so tapferem Appetit zu bedienen, als er sich vor einer Stunde euerer beiden Näpflein bedient hat. Ihr möchtet ihn jetzt und immer brüderlich im Sinne behalten. Gott gesegne euer Essen und Trinken!«

Mit diesem üblichen Tischspruch und einer so melodischen Verbeugung, wie sie nur die Colonnapagen – die Orsini sind stolzer und steifer – hienieden fertig bringen, verabschiedete er sich und vergass vor dem Ernsten, was er eben gesehen, auf dem ganzen Rückweg seine Dieberei wegzuwischen, obwohl er nun beide Hände frei hatte. Erst als er in die vatikanischen Gärten gelangte und sich plusternd und federnd wie ein Vogel an der frischen Luft und am köstlichen Spritzwasser der Fontana Conti vom Gestank und Grausen jenes Verliesses erholt hatte, gewann er die schnelle lose Spatzenart seines Berufes zurück und bespiegelte sich im fackelhellen Wasser. Da sah er nun die Sirupnase wieder und strich sie lachend mit den weissen Fingerspitzen in den Mund. Es schmeckte auch so noch kostbar.

Viel königlicher benahm sich der andere Knabe im Gefängnis. Mit einem schnöden Blick strafte er das ganze Tafelzeug und sagte dann trocken zum Schliesser: »Ach was, wozu nun so hintendrein diese Grosshanserei? Was brauchen wir noch Essen und Trinken? Daran hätte man früher denken sollen. Kommt der Korb da etwa auch noch vom Onkel Papst?«

»Nein«, erwiderte der Wächter verlegen. »Schon vor Wochen hat ihn ein altes Männlein aus den Abruzzen gebracht. Ein Pfarrer oder so was. Er redete bald Latein, bald ein Römisch, das ich noch nie gehört habe. Nun, zu den Gefangenen darf ich nichts ein- und nichts auslassen, bis sie freigesprochen ... oder ... ja ... oder ...«

»Wir wissen schon, sag's nur!« forderten Sesto und Poz'do, einer mild, einer stolz.

»Oder am letzten Tag sind. Und jetzt ist euer Urteil am Tor ange-schlagen, und so habt ihr auch den Korb, wiewohl ich nicht begrei-fe, wozu einer diesen blöden Mist so weit her zur Stadt tragen ...«

In diesem Augenblick schoss ihm rot und zischend wie ein Blitz eine Ohrfeige auf die Backe, wie man wohl in ganz Rom runder und vollendeter noch nie eine erlebte. Denn Poz'do hatte schon den Korb über das silberne Gedeck ausgeschüttet. Was war da heraus-gekollert: ein paar Steine und Erdschollen von Paritondo, einige silbergraue Zweige der Bergolive und der derbe Bart eines Abruz-zen-Geissbocks. Und diese Herrlichkeiten, wogegen das ganze Kuppeln- und Säulen-Rom ein zerbrechliches Schachtelzeug war, hatte der Mensch da ... gut, wohl ihm! ... er war schon hinausgegan-gen! Er hatte wohl noch eine tiefe Reverenz vor der Ohrfeige des päpstlichen Neffen gemacht und wird fürder damit wie mit einer Rangerhöhung prunken.

Nun erst, als den Bergleuten das Abruzzengeschenk da mitten im Silber allein und ohne fremde Augen gehörte und mit der echten Figur und dem scharfen Geruch der Alpen zu Kopfe stieg, fanden sie nicht Worte, nein, Schreie des Entzückens.

»Vater, die Heimat!«

»Die Heimat, Poz'do!«

Sie fragten nicht nach da Dia oder wem, der das gebracht haben könnte, auch nicht nach Frau oder Mutter, die das vielleicht ge-schickt habe. Was war da Dia und was war gar erst Schuora Anizia? Er ein Prete und sie schon vielmehr eine Haushälterin Peretti als

Frau Peretti; wie alle diese Gebirgsmütter, nachdem sie den jungen Mann beglückt und ihm Kinder beschert haben, bei allem Mannsvolk und zuerst bei den eigenen Jünglingssöhnen wieder zum Rang einer Magd herabsinken, aus dem sie für eine kurze Festzeit emporgeholt worden waren. Was also war das alles, und wäre da Dia ein Prete wie San Bernardino und Anizia eine Padrona wie die Grossmutter Christi! Das da ist Heimat, mehr gibt es nicht.

Der starke Sesto nimmt jeden Erdknollen und jeden Kiesel in die Hand und küsst und segnet ihn mit feuchten Blicken. Und Poz'do riecht am Geissbart und an den verdorrten und doch so lieben Olivenblättern, und in ihren von der römischen Fieberluft entzündeten Augen steigt sie mit majestätischer Frische auf, kühlend und schattend und herzberuhigend, diese wilde, hungrige, verlotterte und doch so unendlich teure Abruzzenheimat. Wie ein helles Wolkengebilde steht sie vor ihnen, das jetzt aus dem blauesten Phantasiehimmel hervorwächst, mit hundert seltenen Gesichtern winkt und dann wieder langsam verrinnt. Sie sehen das elende Geschiebsel von vierzehn Hütten, aber hören darum und daran von weissen Ziegen und gelben Schafen ein süsses Getrappel. Die dunkelgrün niederhangenden Schatten des Querciawaldes spielen darob und noch höher, bald weiss wie Jubel, bald grau wie das Unglück, ragen die Giebel des sibyllinischen Felsenpalastes empor. Ach, das alles steigt aus dem elenden Laub und Lehm da herauf und benimmt den zweien die Sinne. Was ist doch das für ein Himmel der Paritonder? So hoch wie kein Himmel über Rom und so blau wie keiner ob Neapel und so still wie Gottes Seele, die darin schläft. Drum schweigt an solchem Orte alles und sind auch die alten Sibyllen aus ihrer tausendjährigen Ruhe noch nie erwacht. Nur zwei dunkle Pünktlein leben in diesem Himmelmeer, das Adlermännchen und Weibchen vom Quineshorst. Zehnmal flintenschusshoch nehmen sie täglich um Mittag ihr Sonnenbad, die Adlerin in einem kleinern Kreis sich wiegend und immer zum Nest der Jungen zurückäugend, er aber, in weitem selbstherrlichen Bogen um die Frau und ihre Sorgen herum. Und unten im Menschenhorst von Paritondo sieht man nun auch junge und alte Menschenvögel. Na, am Stubenfenster lebt und klebt also noch immer der alte Solio, und die Hühner der Teresi und der Puritani streiten sich auch immer noch ums Bächlein herum. Auch der Laffe Simione stottert noch immer zur Küsterei hinauf sein »Ga .. arr .. rasso .. grasso, fate sempre gr .. arar .. asso!«, obschon die arme Anizia immer nur Suppensalat kocht. Und nun ist es ja freilich wahr, am Haus neben dem Kirchlein rätscht Frau Peretti den Hanf über die Dreschklappe. Ist es der Hanf oder ihr eigen Haar, was so grau schimmert? Sie schaut nicht ein einziges Mal auf und hält sich nah ans Gefaser. Sieht sie denn nicht mehr gut oder drückt ihr das Alleinsein schon den Kopf so tief? Jawohl, das müssen wir gelten lassen, untadelig war sie. Wenig Liebe genoss sie. Sie wird wohl wieder heiraten, wenn der Kummer verraucht ist. Weg, weg! ... Doch sieh, es muss Samstag sein. Don da Dia schnauft langsam von Surigno herauf. In die Kirche, Sigrist! morgen gibt es eine gesungene Messe. Ja, da stehen wir schon mitten drin, aber was ist das für eine Ordnung! Die Weihwasserbecken sind trocken, die Kränze am Altar dürr und die Heiligenbanner voll Staub, auch das ewige Licht knistert und spritzt wie am Erlöschen. Alles ist verlottert, seit wir nicht mehr dabei sind. Aber wie kommt das, die Madonna am Altar steht ohne Stäubchen und Spinnfaden da. Und wie sie nur immer noch so lächeln kann! Ach ihr tut nichts weh! Lächle sie nur! Sie darf ja immer in Paritondo unter den hohen Bergen, im kühlen Kirchlein bleiben und dem Wind und den Ziegenschellen draussen und den wohlklingenden Litaneien in den Bänken zuhören. Hat sie es schön! Schau, schau, wie ihr Lächeln immer grösser wird! Und doch hat sie immer noch keinen Schleier! Oder doch? Was ist nun das, ist das ihr wehendes Haar oder ihr Lächeln oder ist es doch ein heller Schleier? Ja doch, ja, es ist ein Schleier, schneeweiss aus ihrer reinen Hand wie ein feiner Mondschein quillend, zu ihnen hinüber. Nehmt ... Söhne ... meinen Schleier ... zum Schirm ... zum ... Schlei ... er ... nehmt ... Schlei ...

Unter diesem Schleierwehen sind Sesto und Poz'do nun doch gegen alle Verabredung eingeschlafen, die Schollen der Heimat fest in die Hand geklammert. Und das Lächeln der Madonna lächelt und der Schleier flattert durch die Träume weiter. Sie atmen nicht wie unter dem Dunkel der letzten Armsündernacht, sondern ganz wie Freie unter einer schönen umbrischen Mittagssonne sich ins Gras legen und, während es ihnen unzählige kleine Wunder ins Ohr flüstert, darüber ein Stündchen einschlafen, um dann fröhlich ihrer lieben seligen Freiheit weiter zu folgen.

6. Kapitel

Noch sehr spät, als die Laternen auf der mittleren Engelsbrücke schon gelöscht waren, rannte der spindelbeinige, kleine, zarte Doktor beider Rechte Vincente Mione in den Vatikan, ein Jurist, der von der Kurie wiederholt in heikeln Prozessfragen beraten worden war, und heischte dringend und um jeden Preis den Zutritt zum Papst, auch wenn Seine Heiligkeit schon zu Bette gegangen wären, was er übrigens nicht glaube, da er vom Petersplatz das Lämpchen im päpstlichen Studierzimmer noch deutlich bemerkt habe, und da männiglich wisse, dass Sixtus nie vor Mitternacht den Schlaf suche. Als es dem Dottore dennoch nicht gelingen wollte, den Durchpass zu erzwingen, zog er kurz und gut ein federleichtes Tuchpäcklein und einen dickversiegelten, mit derben Daumennägeln petschierten Brief aus dem Magistermantel und sagte: »So bringt wenigstens das noch dem Papst! Es betrifft Seiner Heiligkeit armen Bruder.«

Binnen kurzem ward der Doktor ins Schreibzimmer verlangt und vom Papst, der ohne Sandalen, barfuss am Pültlein stand, und vom Kerzenschein oder von der Aufregung oder auch vom tagüber tapfer verstellten, aber in überwachter Nacht ganz offenbaren Herzleiden ein fahlgelbes, schwerkrankes Gesicht zeigte, ganz gewaltig angefahren:

»Warum bringt Ihr mir dieses Schreiben erst jetzt, unglücklicher Mann? So redet doch.«

»Don Dia wollte es so haben,« versetzte der dürre Paragraphengreis, der eigentlich selbst nichts anderes als einen von den vielen mageren Paragraphen seines Faches vorstellte. In voller Ruhe fuhr er fort: »Erst wenn es mit den Gefangenen schlimm würde, sollte ich Euerer Heiligkeit diese Sachen bringen. Nun habe ich soeben auf dem Heimweg vom Archiv der Konsulta den Anschlag an der Kirche Santa Maria Maggiore gelesen. Da war kein Atem zu verlieren. Ich holte Brief und Säcklein des alten da Dia und da bin ich.«

»Wer ist dieser da Dia? Woher kennt Ihr ihn?«

»Er hat mit mir in Perugia Latein studiert und ...«

»Ein barbarisches Latein, fürwahr«, konnte sich Sixtus nicht versagen, mitten in einer Sache auf Tod und Leben einzuflicken. »Wie kann einer sepuluit statt sepelivit schreiben?« tadelte er mit der ganzen Gekränktheit seines klassischen Empfindens.

»Dieser Mann ist verbauert. Euere Heiligkeit mögen bedenken, dass da Dia seit vierzig Jahren in den obersten Abruzzen pastoriert. Das ist kein Garten für Cicero-Perioden.«

»Dottore! Zur Sache!«

»Vor zwei Wochen war der alte Pfarrer bei mir. Gott weiss, wie er so weit herkommen und einen Advokaten meines Namens ausfindig machen konnte. Denn weder sein Latein, noch sein Italienisch klang den Hiesigen verständlich. Und kaum dass er mir die zwei Sachen gegeben und gedankt hatte, ist er auch schon wieder verschwunden. Diese Abruzzenkinder bekommen ja alle gleich Heimweh in der Stadt. Aber das rief er mir noch ernstlich nach: Erst wenn es ans Blut ginge, möchte ich Euerer Heiligkeit diese Dinge abgeben.«

»Kennt Ihr den Brief?«

»Nicht vom Skriptum! Doch hat da Dia in seinem Kauderwelsch mir das Primo und Secundo und Tertio ordentlich klar gemacht.«

»Und was meint Ihr dazu? Redet bündig, es ist Schlafenszeit!«

Durch den braungemeisselten Greisenkopf schoss ein Funke jener genialen Schlauheit, die so selten und nur in grossen, kühnen Augenblicken Feuer fängt. Seitdem Mione da Dias Auftrag besass, stand es bei ihm fest, dass er die Rettung der zwei Peretti mindestens probieren wolle. Nicht aus alter Kameradschaft zum Kumpan von Perugia, und nicht aus irgend einer Freundlichkeit für die beiden so interessanten Häftlinge, sondern allein aus einem glühenden und hochragenden Ehrgeiz heraus, seine juridische Kunst auf die höchste, menschenmögliche Wirkung emporzuschrauben. Aus dieser Gier heraus hatte er sich immer lieber den schwierigen als den leichten Rechtsfällen zugewandt und den siegreichen Sachwalter in geradezu halsbrecherischen ja, schier unmöglichen Causis gemacht. Man sagte ihm nach, er könne weiss als schwarz und schwarz als weiss beweisen, und wenn er einem Eilenden dartue, dass er stehe, statt zu laufen, glaube es dieser und fange an zu galoppieren. Dem

Mione war denn auch schon Grosses gelungen. Er hatte Leibeigene aus der Fron der Massari, dieser härtesten aller römischen Herren, befreit; Landgüter den Colonna abgestritten und für die Borghesi erobert oder auch umgekehrt, als wäre die Erde sein; Gottesleugner überführt, dass sie einen Muttergottesaltar gelobt hätten, und ihr nun gar ein Kirchlein bauten; oft war er schief, oft gerade gegangen, aber immer sieghaft. Nur eines war ihm noch nie gelungen, den starren Papst Sixtus aus der Strenge zu werfen und ihm dort, wo man zwischen Schafott und Gefängnis und zwischen Gefängnis oder Geldbusse oder endlich zwischen Geldbusse und blossem Verweis füglich wählen konnte, den mildern Entscheid abzuringen.

Es kam dazu, dass Mione ein alter Römerbürger war und eigentlich jeden nichtrömischen Papst als Fremdenherrschaft betrachtete. Besonders hasste er wie übrigens seine ganze Gilde die seinem römischen Rechtsempfinden und den städtischen Privilegien so feindliche bauerngrobe Justiz des Papstes, und so hoch er das Amt ehrte, so wenig konnte er sich mit der rauhen und harten Amtsführung befreunden. Nichts hätte er daher lieber gesehen, als wenn Sixtus einmal über seinem Herzen und damit über einem festen Kanon seiner Rechtsordnung gestrauchelt wäre. Dann hätte der Papst den Ruf des Unparteiischen, auf den er wie ein Fels pochte, sogleich verscherzt. Denn dieser Fels hätte einen Sprung bekommen und damit den Glauben an seine Unüberwindlichkeit verloren. Eine Spalte reisst hundert Sprünge nach sich und lockert das ganze Gefüge. Sixtus als ein kluger Mann würde nach einem solchen Fall sich der Politik der Milde zuwenden, um mit seinem Ansehen nicht zwischen Tisch und Bänke zu fallen.

Bis heute hatte Mione schon oft Gelegenheit gehabt, einen Versuch an diesem Felsen zu machen. Aber er hatte ihn nie auch nur leise spalten können und gab die Hoffnung allmählich bei seinen hohen Jahren auf.

Aber da kam es noch einmal wie ein grosser Wink an ihn, als da Dia ihm sein so karges und so hilfeschreiendes Brieflein vorlas und den Schleier der Madonna aus dem Paket zeigte. Jetzt fing ihn dieser Fall Sisto e Sesto, unter welchem hübschen Wortspiel der Prozess in allen Sälen und Höfen Roms längst verhandelt wurde, auch zu interessieren an. Da bot sich ja nun eine letzte, gottgegebene

Probe seines Genies am Genie des Papstes. Hier spielten Familienblut und Heimatliebe in die Sache, und aus aller Roheit und Verwüstung des Gewissens schimmerten die goldenen Spuren eines ungepflegten, aber wahrhaft kindlichen Glaubens und zogen einen eigentümlichen Heiligenschein um die armen Sünder. Alles aber, was noch nicht sauber war, deckte und überschimmerte dieser mystische Madonnenschleier. Hatte ja doch selten ein Papst der Himmelskönigin so viel Treue und Verehrung bewiesen wie gerade der männlich schroffe Sixtus.

Mit einem weinerlichen oder trotzigen Gefecht von Paragraphen war, wie Mione den hohen Gegner kannte, nun einmal nicht gegen das angeschlagene Urteil aufzukommen. Solch Gebaren würbe Sixtus nur verhärten. Nein, Mione wollte einmal seine gesamte Pandektenschlauheit gleichsam auf den Kopf stellen oder doch ins Simple kehren und den Papst von seiner eigenen Position aus anpacken, indem er noch viel strenger als der Gestrenge und noch viel päpstlicher als der Papst plädierte und jede mildere Auffassung oder auch nur die päpstliche Befugnis dazu hochmütig verrammelte und im übrigen das Gefühl als eine Bagatelle leichthin abfertigte. So wollte der abgefeimte Advokat den grossen, geraden Papst zum Widerspruch reizen und in die Opposition bis unter das Fähnlein der Milde treiben.

All das legte sich der Alte jetzt vor und ordnete es der Reihe und dem Werte nach mit der sichern und schnellen Logik eines erfahrenen Juristen. »Einen gütigen Augenblick, Heiliger Vater«, hatte er gebeten, und sich dann mit gespreizter Rechthaberei und gegen alle Sitte, als ware das so für seine Sprachkünste nötig, ungeladen auf das nächste niedere Samtstühlchen geworfen, wobei er den Ellbogen auf die Knie stützte und mit den Händen das unfassbar feingehobelte Gesichtlein nachdenklich deckte. Sixtus hörte fünf oder sechs schwere Atemzüge, von denen jeder einen Kodex des römischen Rechts aus dem Busen heraufpumpen mochte. Dieses Schauspielerische missfiel seinem sachlichen Sinne stark, und gleich schon zum voraus ein weniges gegen das, was nun käme, eingenommen, klopfte er mit dem Knöchel seines kurzen Zeigfingers aufs Tischlein und rief: »Nun, nun?«

»Erlauben Euere Heiligkeit,« bat jetzt mit zuversichtlicher Stimme und gar nicht scheuen Augen gegen den Papst hin der alte, helle Schläuling, »dass ich den Brief des biedern da Dia zur bessern Vergegenwärtigung des Pro und Contra lese, vielleicht laut vorlese!«

»Avanti!«

»Euerer Heiligkeit unwürdiger Knecht im Weinberge des Herrn, Donaldi da Dia, Hilfsgeistlicher von Surigno und Paritondo, hat in den schweren Unfall der beiden Signori Peretti nur drei Dinge zu sagen. Dann ist seine Seele salviert.

Primo: Am Tage der heiligen Justina, Martyrin, 1576, habe ich den alten, armen und immer verschwiegenen Gianbattista Peretti, aliis verbis: Euerer Heiligkeit väterlichen Erzeuger, in Paritondo begraben ... sepului«

»Sepelivi,« korrigierte Sixtus flink.

»Schon dieser Gianbattista ist unter die Briganti geraten, und ditto sein Sohn und Enkel, woran nicht eine böse Natur in ihnen, sondern allererst, wie ich seit fünfzig Jahren erlebt habe, die Fron und Tyrannei der Landesherren schuld ist. Im Hunger und in der Verzweiflung haben sie erst zu räubern begonnen, dixi!«

»Weiter, weiter!« forderte Sisto.

»Secundo: Am Tage der heiligen Rosalia von Palermo anno Domini 1586, zur Zeit der grossen Teuerung, hat Sesto Peretti, aliis et expressis verbis: Euerer Heiligkeit Bruder, den Schleier der Madonna, den ich hier im Paketchen beilege und worauf Paritondo stolzer als auf seine Berge ist, mir, Donaldi da Dia, zuhanden der Gräfin Maria di Montasio übergeben. Dafür musste die hohe Frau zahlen: vier Fass Fett, zwölf gemästete Schafe, fünfzehn Ballen Leinen und eine Tonne Olivenöl, sowie vier Fuhren Gerste. Das wurde, ohne ein Schlecklein wegzunehmen, in Bausch und Bogen der von der Pest verseuchten und völlig ausgehungerten Nachbarpfarre Surigno überlassen, nebst achtzehn Wagen Holz und Streue von der eignen Paritonder Armut und mit zwei Krankenwärtern und einem Totengräber aus der eigenen Familie. Die Paritonder hungerten und froren in diesem Winter für ihre noch ärmeren Brüder. Den überköstlichen Schleier hat mir die Gräfin mitsamt ihren eingestickten Wappen geliehen, damit ich ihn als Zeugen meiner Worte Euerer Heiligkeit unterbreite. Ist er nicht schön, Heiliger Vater? ... Seitdem ist die Madonna von Paritondo freilich ohne Schleier. Aber sie lächelt immer noch wie früher. Wenn einer leidet im Ort, so trägt man ihm die Madonna ans Bett, dass er mit diesem Lächeln leicht stirbt oder gesundet. Dieses Lächeln der Madonna sende ich Euch, Heiliger Vater, mit dem Schleier und bitte, gebet es weiter Euerem Bruder und seinem armen Kind, damit sie gesunden und damit Maria auch Dich, strenger, heiliger Herr, anlächelt, ... ut tibi arridet!«

Mione hielt an, aber Sixtus korrigierte den groben Fehler nicht. Es schien, er habe nunmehr viel schwerere Dinge als lateinische Modi auszubessern.

»Das ist alles, was ich zu sagen habe ... oder doch: Tertio ...

Tertio: dass Sesto Peretti, Euer Bruder, seit zweiundzwanzig Jahren Sakristan von Paritondo war, der geschickteste Kerzenanzünder und sauberste Messdiener im Land, der auch alle Samstage den Rosenkranz und die Muttergotteslitanei vorgebetet hat wie ein Cherubim. Und bei solchem Werk haben sie ihn überrumpelt und nach Rom geschleift ... Geschrieben von Don da Dia, Donaldi, sacerdos.«

Es ist nicht zu sagen, mit welcher Gaunerei der geriebene Alte dieses rührende Schriftstück las, die Worte der Verwandtschaft zog er respektvoll in die Länge, aber schnatterte dafür den Bericht vom Schleier wie einen dummen Schwatz herunter. Ja dort, wo vom Totengräber die Rede war, schlug er mit dem dürren Finger ein Schnippchen und giftelte drein: »Was ist das Besonderes? Die Toten muss man doch begraben.« Die naiven Zeilen vom Madonnenschleier las er mit Spott und lächelnder Stimme. Mit einem gefühllosen Tone haspelte er die Unterschrift herunter und sagte dann mit essigscharfer Miene: »Mir scheint, hier ist nichts mehr zu sagen als: fiat iustitia! Mord ist Mord! Daran ändert kein Madonnenschleier etwas. Man möchte ja wohl schier weich werden bei dieser kindlichen Briefschreiberei. Aber spricht da nicht eher Dummheit als Einfalt aus dem Papier, so entzückend ... Pastorale con flauto ... es etwa auch klingt?«

Der Papst war noch ganz erfüllt und warm vom Briefe. Er hörte ihn völlig anders als Mione ihn las. Aber er merkte die Ungezogenheiten des Lesers gut genug und spürte in ihm mehr und mehr einen Feind des Briefes heraus. Immer unangenehmer ward ihm

Mione und immer mehr entfernte er sich im Geiste vom schlimmen Leser weg und zum guten Schreiber hinüber. Doch als Mione von Dummheit sprach, zitterte das feine Furchengewebe in der päpstlichen Stirne auf und nieder. Der Zorn, wie eine grosse Spinne irgendwo in der tiefsten Falte versteckt, brachte das Netz so in Erregung. Mit innerlichster Freude beobachteten die grünen Äuglein des Advokaten diese Wandlungen. Da aber Sixtus sich zum Schweigen zwang, fuhr Mione mit gutgespieltem Pathos fort.

»Wo käme die Gerechtigkeit hin, wenn ein tüchtiger Kerzenanzünder dafür ebenso viele Menschenkerzen auslöschen dürfte? Oder wann eine hübschgesungene Litanei jedesmal einen greulichen Mord überschriee? Nein, erhabener Herr, hier gibt es kein Ecklein für die kleinste Gnade.«

Sixtus winkte hastig, weiter zu fahren.

»Es ist wohl wahr, diese Unerbittlichkeit trifft Euerer Heiligkeit nächstes Fleisch. Aber was ist Halbbruder? Ist das noch Bruder? Ich sage nein. Ein Bröcklein vom gleichen Vater und eine ganze Blutschwemme von der neuen Mutter, so dass jenes Inselchen Ähnlichkeit von diesem Meer der Fremde und Kälte im Nu verschluckt ist. Nun gar erst, wenn so ein Mensch ...«

»Dottore!«

»Wenn der wilde Vagabund sich ein Menschenalter hindurch nie um seinen erlauchten Verwandten bekümmert hat und stolz für sich hinlebte, bis jetzt, gerade jetzt, wo er ihn fein profitieren kann, ah, da gibt es kein ius fraternum mehr. Überhaupt: kann ein Papst Verwandte, kann er Vater, Mutter, Bruder oder Schwester haben? Ich sage nochmals nein. Ein Papst ist einsam. Entweder er hat keinen oder die ganze Welt zum Bruder. Das ist sein Los. Wir andern Menschen,« plauderte Mione hier mit boshafter Herzlichkeit weiter, »ja, wir nisten uns in die Liebe von Vater und Mutter wie junge Vögel und wir küssen den teuern Bruder und umarmen die unvergessliche Schwester und wir bleiben bis zum Tode ins gleiche innige Fleisch und Blut verliebt. Und wir sind selig und stolz darin. Aber«, fiel er plötzlich in einen eiskalten Ton, »solche Gefühle sind dem Statthalter Christi nicht erlaubt. Ich bestreite sein Recht auf jegliche Freude des Familienblutes.«

Die zornige Spinne zappelt immer heftiger im hundertfältigen Netz auf und nieder. Wann wird sie sich auf das übermütige Insekt stürzen?

»Ich weiss wohl,« trägt Mione grossartig vor, »Mensch ist Mensch. Auch Euere Heiligkeit bleiben auf dem obersten Stuhl der Welt Mensch. Dennoch, wie sollte es in unserem Fall eine Überwindung kosten, die Menschlichkeit für einen Augenblick zu vergessen, hier, einem elenden und gemeinen Strauchritter gegenüber, der ...«

»Dottore!«

»Verzeiht, Heiligkeit, aber ich sehe nichts Übermenschliches darin. Wie oft muss ein Vater sein Kind im Stich lassen! Wie oft sogar ein Bruder den Bruder dem Gericht überliefern! Was ist da Grosses? Und nun erst so einen Stiefbruder! ... Dazu, Euere Heiligkeit haben nicht bloss die besondere Gnade der Gerechtigkeit von oben, auch die Naturanlage macht es Euch leichter als sonst wem, streng zu sein sogar da, wo man lieber mild wäre. Die ganze Stadt hat darum das Urteil über die zwei Peretti schon genau gekannt, lange bevor es angeschlagen wurde. Der junge Ubaldi Colonna hat eine schwindelige Summe gewettet, dass das Paar hingerichtet würde, und kein einziger Orsini, nicht einmal der Waghals Arrigo die Fanciolla, hat auch nur ein kupfernes Gegengebot gemacht. Das Beil für Sesto und Poz'do war eben für Rom seit Wochen eine ausgemachte und wohlgeschliffene Sache. Euere Heiligkeit haben die Hände gebunden. Ihr könnt nicht mehr anders, auch wenn Ihr wolltet, auch wenn Ihr dürftet ... jetzt müsst Ihr, müsst Ihr so!«

»Dottore!« Das Spinnetz drohte zu zerreissen.

»Aber wir kennen Euere Heiligkeit. Ihr wollt auch nicht anders wollen oder dürfen. Die Gerechtigkeit schimmert Euch von der Stirne so unbestechlich, so rein und kalt wie die Mosestafeln ...«

»Ja, und so unzerbrechlich!« gewitterte es jetzt von dem Pültlein her unwiderstehlich los, »Dottore, meint Ihr nicht auch so? Ihr seid heute in der Bibel so übel belesen wie in der Menschenseele, scheint mir. Diesmal habt Ihr zu grob geschnitzt. Ich erkenne Euch und lasse mich nicht nach Euerem Kopf beschwatzen. Versteht, ein Papst kann binden und lösen ..., auch wieder lösen, was er selbst gebunden hat. Fiat iustitia, ja! Aber die Gerechtigkeit kann man stillen, auch ohne dass man ihr immer Blut zu trinken gibt. Ich will ihr einmal Milch für den Durst geben. Das darf ich. Geht, Dottore, ich danke Euch für das Wahre, was Ihr sagtet. Das Falsche habe ich schon in den Wind geschlagen.«

Dreimal bog der alte Jurist mit respektvoller Kälte das Knie und jedesmal jubelte seine graue, aber zähe Römerseele hellauf: und ich hab' dich noch ganz anders gebogen, deine Seele gebogen, für immer gebogen!

So schien es. Alle Festigkeit des Papstes, so wie er sich allein wusste, war dahin. Er drückte die breiten, kurzen Hände aufs Herz – jetzt sah es ja niemand – und zählte das Klopfen. Wie ungeregelt, einmal übereinander schlagend, einmal fast einschlafend! Nicht einmal da innen kann ich Ordnung halten, dachte er bitter, und da wollte ich den Puls der Welt regeln! Aber das klopfte ja da innen schon längst unordentlich. Das ist eben nur ein Mechanismus, basta! Da hapert es immer bald. Aber nein, auch mein Wollen ist anders geworden. Ich zaudere. Geht mein Leben am Ende doch schon zur Neige? Die Ärzte sagen, ich lebe noch lang, übers Jubeljahr hinaus, wenn ich nur das Herz schone. Das Herz sei schwächer als der Kopf in meinem Organismus. Ich fühl's, ich fühl's! Oder ist es heute auf einmal so stark geworden, dass ihm mein Kopf nicht mehr folgen kann? Was red' ich da unsinnig? Ich fiebere wohl schon ...

Unschlüssig lief er hin und her und stand endlich vor dem Päcklein still. Da setzte er sich und sollte die Schnürung aufreissen, aber das ging nicht. Ein Messer! Nein, entschied er, nun will ich doch sehen, ob ich mich nicht meistern kann. Und er begann mit erzwungener Geduld die Verknüpfung zu lösen. Es ging nicht leicht mit so kurzen, klobigen Händen und in einem Augenblick, wo ihm das Blut durch den ganzen Leib bis in die Fingerspitzen hinaus quecksilberte. Aber zusehends ward er ruhiger. Mit jedem Knoten, den er mühsam löste, ging auch etwas wie ein Knoten an seinem Herzen auf. Immer leichter ward ihm. So leicht wie bei keinem Aderlass der Ärzte. Als der letzte Knopf aufsprang, war es Sixtus, als sei auch der letzte Druck von seiner Seele gewichen.

Er wickelte den Umschlag auf. Per Dio, da wallte wie eine weisse, durchsichtige Wolke der Lilienschleier der Madonna von Paritondo auseinander. Das schimmerte und duftete über den grauen Büchertisch wie ein niedergegangener Mai. Und es lispelte und betete und lächelte daraus wie von tausend federknisternden Engelchen, die wohl hinter so einem Morgengewölk ihre himmlischen Spässe treiben mochten. Der Papst musste die Armlehnen fassen, so wonnig schwindelig wurde ihm von dieser geschickten und heiligen Zierlichkeit da. Aber durch all das geheimnisvolle Geflüster meinte er einen kurzen gewaltigen Krach zu hören, wirklich wie von zu Boden geschleuderten und verscherbten Steinen. Die Mosestafeln! War es nicht dort niedergegangen, wo Heli mit gebrochenem Hals unter dem eigenen Richterstuhl lag? War das eine Drohung oder hiess es vielmehr: das alttestamentliche Gesetz der Härte sei nun auch für Sixtus gebrochen und das neue der Milde hebe an?

Noch einmal sträubte sich die Gewaltnatur des Papstes und stand seine ganze eiserne Vergangenheit mit ihrem glorreichen Nimbus gegen die Gnade dieses Augenblickes auf. Sixtus Quintus, dein Ruhm ist auf dem Spiel, mehr noch, dein Ruf, deine Macht, die ganze Herrlichkeit deiner Autorität. Du wirst wie alle andern gezeichnet: nepotenliebend, zuzeiten wohl erhaben und streng, aber zuzeiten, wenn der laue Wind der Rücksichten weht, parteilich und weichmütig.

Jedoch aus dem Schleier der Madonna lächelt es immer himmlischer, als wäre die holdselige Gottesmutter selbst dahinter, so süss und heilig wird die Musik dieses Lächelns. Wie kann sie nur so lächeln? Müsste sie denn eigentlich nicht auch verhärtet dreinblicken, stumm, richtend? Man hat ihr den Schleier genommen, ach was, den eigenen Sohn hat man ihr genommen. Müsste sie nicht die ganze Erdenschaft darum mit Zorn heimsuchen? Nein doch, sie lächelt. Sie hat trotzdem nicht Mutter der Härte, sondern Frau der Barmherzigkeit heissen wollen. Sie will uns nicht erschrecken, sondern erfreuen, nicht töten, sondern lebendig machen. Und keineswegs das Schwert von ihrem Diener Michael, sondern die Lilie vom Erzengel Gabriel will sie tragen. Niemals hat sie: Schuldig! immer nur: Gnade! gesprochen. Gratia plena heisst sie ja.

O mein Gott, Grazia ist wohl mehr als Justitia. Durch Gerechtigkeit geht die Welt wie im Schnee unter, aber durch Gnade blüht sie auf und wird schön und heilig wie im Maien. Und die ganze Weltregierung von Adam bis heute war doch die reinste Gnade immer.

Da sollte denn ich, der kleine Winzerbub, den Globus zurückdrehen und sagen: jetzt hört das auf mit der Gnade, jetzt beginnt wieder die graue Ordnung der Gerechtigkeit.

Ei, ei, wie der Schleier webt und lebt, wahrhaft wie von einer herrlichen Gestalt getragen, hin und her, her und hin, und musiziert sich am Ende gar in ein allerschönstes Finale aus:

Mein Lächeln, hörst du's, schattiger Mensch, mein Lächeln bringe du sogleich dem Bruder und seinem Kind, dass auch sie wieder lächeln, und dass dann auch du vielleicht, unfröhlicher Diener meines Sohnes, ein Glütlein dieses Lächelns bekommst. Ich bin das grosse Lächeln des Himmelreichs. Ohne mein Lächeln ein wenig mitzulächeln, geht da niemand ein.

Der Papst raffte sich vom Stuhle auf und schüttelte kräftig die Klingel. »Mögen denn die Menschen sagen, was sie wollen, mir sogar Heli, Heli! schreien, heute will ich lächeln,« murmelte er mit einem prachtvollen Trotz.

Wie ein Taufglöcklein begleitete das muntere Geschelle dieses Gebrummel. In der Tat, da war auch ein neuer Mensch geboren, wenn schon mit grauem Haar und einem alten, tiefen Bass.

»Di Zucco, bringt Fackeln und Diener, wir gehen zur Engelsburg!«

7. Kapitel

Dicht nebeneinander im Verliess liegen Vater und Sohn Peretti und schlafen seelenruhig, obwohl der Mond sich voll und dreist durchs Gitter hinein auf ihre Gesichter legt, als fände er in ganz Rom nichts, wo er seine kalte Seele besser wärmen könnte. Sie haben ihre Matten aus der Nische in den Estrich hinausgezerrt, um noch bis zur letzten Minute beisammen bleiben zu können. Der eine hält dem andern seinen Arm zum Kopfkissen unter und in so enger, herzklopfender Einigkeit haben sie auch den gleichen Traum.

Sie träumen, dass die Madonna daheim wieder ihren Schleier trage und nun vom Altar steige und den langen Weg aus dem Gebirge zu ihnen herunter nach Rom nehme. Durch die unendliche Nacht, die zwischen den Sibyllengipfeln und den Stadttürmen liegt, kommt sie fern, fern, auf einem dünnen, goldgrünen Strässchen daher, das wie ein Mondstrahl glänzt. Sie sehen nur, wie ihre Silberfüsse flink unter dem blauen Rocksaum vorwärtsschnäbeln, so flink, dass man es nicht zählen kann, und wie der Schleier gleich einem weissen feinen Nebel hinter ihr nachwallt, und wie sie gar gütig nach ihnen blickt. Sonst ist nichts als lautlose, glanzvolle Ruhe in diesem Bild.

Über Schluchten und Pinienwipfel wandelt sie so auf dem feinen Strahl, eilt siebenmal über den siebenmal geschweiften Tiber und sein urweltlich summendes Wasser, fährt nun schon ans gregorische Kastell und schiesst wie ein Blitz durch die Stadtmauer, weicht keinem Turm und Tempel aus, spaziert mitten durch die gefüllten Palazzi wie eine Sonne und gelangt jetzt schon an die Engelsbrücke. Wer kann ihr Gitter vorschieben und Schlösser vorriegeln? Sie lächelt so spöttisch als ihr Unschuldsgesicht kann und tänzelt dann mitten durch die dreimal gesperrte Brücke. Keiner der zwölf Musketiere sieht sie. Aber die Marmorengel auf den Strompfeilern klappen respektvoll, wie bei der grossen Parade an Allerheiligen, ihre Fittiche in einem Tempo zusammen und salutieren famos. Nur der älteste von ihnen kommt ein wenig zu spät, weil ihm eine der vielen Wasserschnaken gerade im feierlichen Moment in die himmlische Nase fuhr und sich fast nicht mehr herausschneuzen liess. Auch die heiligen Bischöfe und Äbte auf einigen Sockeln machten den Salut nicht mit. Sie waren mit den Armeeordres des Himmels noch nicht so vertraut wie die ewigen Engel und beugten dafür ihre bärtigen Häupter bis zum Gürtel. Aber der Erzengel oben auf der Burg senkte schweigend Speer und Waage, als wäre er einstweilen ausser Kommando gestellt.

Nun fährt sie unten durchs Burgtor, so viele Gurten und Ketten auch daran sind, in den Hof hinein. Der Torwächter schreit auf, die Schliesser laufen daher und die Schildwache marschiert klirrend auf, um die Erscheinung in Handschellen zu legen. Torheit! Die Madonna lächelt sie nur ein wenig an und da fallen Pike und Pistole wie dürres Laub von ihnen. Sie müssen niederknien und die Hände falten. Sie können nicht anders.

Nun weht sie die Gänge und Wendeltreppen herauf. Jetzt steht sie vor ihrem Kerker. Das funkelt durchs Schlüsselloch herein wie ein Stern. Die Türe springt auf. Sie wallt herein. Sie lächelt. O Gott, sie lächelt das alte, heimatliche Lächeln.

»Misericordia!« betet Sesto im Traum.

Sie aber tritt ganz nahe an die Schläfer heran. Jetzt löst sie den Schleier vom Haupt, unglaublich! und lässt ihn wie weiche, kühle Schneeflocken auf ihre fieberigen Leiber fallen. Wie das kühlt! Werdet gesund! spricht sie wie je und je am Bett der todkranken Paritonder. Wahrhaft, das hat sie gesagt: werdet gesund!

Und sehnsüchtig wie wirklich ein sieches Büblein streckt Poz'do die Hand nach ihr aus und flüstert: O Madonna Mamma mia!

Da lächelt sie schöner als zehntausend junge rosige Mütter zusammen und spricht. Gratia, figliuoli miei, gratia! ... Aber schon ist das keine Madonnenstimme mehr. Das ist wie von der Zunge des Herrgotts gedonnert.

Davon erwachen die Träumer sogleich völlig und erblicken ... den Papst!

Er steht vor ihnen im weissen Talar, in den sein aschgrauer Bart niederrieselt. Sonst ist alles weiss an ihm, das Cingulum, das Schultermäntelchen und das Tonsurkäpplein. Sogar das Brustkreuz, das er nicht an einer goldenen, sondern an einer eisernen Kette trägt, blitzt glashell von Diamanten. Aber das Weisseste von allem ist der

Schleier der Madonna, der ihm vom Arm auf die Schläfer niederhängt, etwa so wie ein lichtes Kirchenfähnlein tröstlich aufs Volk herabschaut. Zwei Fackelträger stehen recht und links vom Papst, dahinter der Kommandant der Festung mit vielen Schlüsseln und Don Zaccaria und einige Nobelgardisten.

Poz'do sperrt die wasserdunkeln Augen gewaltig auf, kann dies grosse, weisse Bild nicht auf einmal fassen und schreit wirren Sinnes: »Ist's schon Zeit zum Sterben? ... Vater, sieh auf!«

»Misericordia!« ruft Sesto zum zweitenmal und jetzt weiss er klar, was und wem er es sagt.

Schon lange hatte der Papst vor ihnen gestanden und ihre Gesichter studiert. Ja, das ist sein Bruder mit der zweimal gebogenen Perettinase, der überhohen Stirne, von der so buschig, fast in die Augen hinein, die Brauen wachsen, und mit dem harten, starken, steinigen Hinterkopf. Und das ist sein Nepot, dieser lange, magere Knabe, mit noch tiefern Brauen, noch kühnerer Nase, noch wilderem Hinterkopf und mit dem wölfischen Gebiss, dessen obere Reihe er hart ins Kinn hackt. Das sind sie, das sind sie! Nur die gespaltene volle Lippe und das rötliche Strupphaar ist ihm fremd. Das und auch ihren Riesenwuchs müssen sie von einer stürmischeren und wuchtigeren Mutter her haben. Aber alles andere ist Familiengut. Es sind Peretti. Er fühlt es deutlich am eigenen Leib, das ist sein Fleisch und Blut.

So wie dieser Mann sah vor fünfzig Jahren unser Vater aus, sagte sich der Papst, als er von mir Novizlein unterm Kreuzgang in Montalto Abschied nahm. Ich sah ihn nie wieder. Und so wie dieser Jüngling habe ich damals selber ausgesehen, kleiner zwar, aber auch mit meinen frischen fünfzehn Jahren schon so mager vom Hungern und schon so verzehrt vom Drang und Eifer nach etwas Besonderem. Auch die Zähne biss ich so ins Kinn, weil ich nicht wusste, wohin mit aller Kraft. Und so ein mutiger Tag und so eine sichere und tiefschlafende Nacht blitzten damals auch noch aus meinen von Welt und Weisheit unbestaubten Knabenaugen.

Aber nein, so schmal war ich doch nicht, selbst als Bettelschüler in Ancona nicht wie der Bub da. Auch so zerworfen trug ich nie mein Haar und Habit und so vergrübelt nie meine Stirne, wie diese armen Genossen. Schau, schau, nicht der Alte, auch der Junge hat schon Narben ins Gesicht gekerbt. Das kommt von der Wildheit ihres Lebens. Aber warum kamen sie denn auch nicht aus ihrer Verwahrlosung heraus zu mir und holten sich Geld und schöne Kleider und ein fettes Amt oder ein Futterplätzchen und dazu den Hut der Cavalieri? ... Diese Rauhen, diese Stolzen!

Was krampfen sie denn da in den Fingern? Zünde näher, Diego! Gott Italiens, ist es nicht ein Brocken Erde und ein grünes Laub von daheim? Wahrhaft, einen Fetzen Heimat und Freiheit haben sie im Gefängnis behalten und lassen ihn nicht aus der Faust. O Jugend, o Vaterland, o Liebe, wie geschieht mir!

Dem alten Papst wird immer seltsamer. Diener und Schmeichler und Künstler und Kämpen kann er genug haben. Aber bei diesem Pack ist alles nur Ehrfurcht, Pflicht, Gewohnheit und alles ist darum kalt wie der Marmor des Vatikans. Und das macht unsereinen wohl so hart, so streng, so herrisch. Wenn ich doch nur immer so etwas um mich gehabt hätte wie hier, etwas so Freies und Strammes in aller römischen Weichlichkeit, und etwas so Zutrauliches und Herzliches in aller Heimatlosigkeit des Hofes, etwas, was so Hände voll Jugend entgegenstreckt wie dieser erwachende Jüngling und so in süssester Verwechslung von Erde und Himmel schreit: Madonna Mamma mia! ... und wieder etwas, was so sehnsüchtig ruft: Misericordia! mit einer Stimme und einem Blick, die mir warm machen, die von mir fordern dürfen, wie Bruder vom Bruder alles fordern darf, ... etwas, das ich duzen könnte von Seele zu Seele, ach, bis heute fand ich's nicht. Nun ist es da, hier zu meinen Füssen. O Liebe, späte Liebe, was machst du aus mir?

Sixtus kann nicht anders, er muss in die vier wunderlich offenen Augen, die zu ihm aufstarren, zweimal und dreimal rufen: »Gratia, figliuoli miei, Gratia!«

»Der Onkel, Vater,« jubelt jetzt Poz'do, »der Onkel Papst!«

»Ich bin's, ja, ich bin's,« beschwört Sisto, ... »aber die Madonna ist's, die euch rettet. Ich allein könnte es nicht. Ich bin nur ein Mensch wie ihr; dein Bruder, Sesto, ... dein Onkel, Poz'do, wirklich und wahrhaft!«

Und damit sie es sicher glauben, kniete der heilige Vater nieder zu den zweien und küsste Bruder und Bruderssohn innig auf Mund

und Wangen, wie Christus einst den Petrus und Johannes geküsst hatte.

»Habt keine Angst«, fuhr Sisto kniend fort. »Hier bring ich euch den Schleier der Madonna, weil ihr am Sterben waret. Sie schickt mich, dass ich euch ihr Lächeln und damit die Gesundheit bringe. Wohlan, das Leben ist euch geschenkt, ihr seid frei! Nehmt den Schleier und traget ihn euerer Madonna zurück!«

Nach diesem Augenblick wehrlosen Herzens erhob sich der Papst langsam, sah seine Umgebung wieder und gewann allmählich seine knochenfeste Haltung und die gewohnte pontifikale Würde zurück. Doch schien sein ganzes souveränes Gehaben wie durch so einen Madonnenschleier gemildert zu sein. Seine imposante Stimme, die auf den jungen Poz'do mehr als alle übrige Majestät des Onkels Eindruck gemacht hatte, rollte jetzt wie ein ferner, aber keineswegs unwirksamer Donner über ihre Köpfe:

»Die Madonna hat euch gerettet, ich allein konnte es nicht. Lasset mich das wiederholen! Aber auch sie kann es vor ihrem Sohn, dem Jüngsttagrichter, nur verantworten, wenn ihr nun eine würdige Sühne leistet.«

»Che si, o che si!« tönte es hoch wie Trompete und tief wie Posaune mit beschwörender, unüberwindlicher Gläubigkeit zu ihm empor.

»Ihr habt eine schwere Schuld zu büssen. Wohlan, ich weiss jetzt wie. Da habt ihr ja eine Erdscholle und eine Pflanze in der Hand. Gut, das sei euer Wappen, Cavalieri di Terrapianta! ... Ihr wisset, die Heimat, woher diese Scholle stammt, liegt von Krieg und Teuerung und von der Faulheit vieler, aber auch von eueren wilden Sünden wie eine Wüste darnieder. So gehet denn und sammelt eure Spiessgesellen und reutet und bebaut den armen Boden, leget Äcker an und pflanzet Förste und säet Korn und Klee und Hirse und dämmt die Bäche und haltet eine schöne Zucht von Vieh und wehrt dem Raubtier sowohl oben im Gebirge, als auch, wenn es sich wieder rühren will, in euerem rauhen Herzen! Das gibt ein schweres Leben und ihr müsst schwitzen und bluten, wo ihr früher Schweiss und Blut von anderen abgefordert habt. Aber es ist ein tapferes Leben, ein rechter Ritterberuf der Cavalieri die Terrapianta und macht euch froh und euere Kinder und Kindeskinder lachen. Im Namen der hochheiligen Madonna! wollt ihr?«

»Ja, heiliger Vater, ja, Onkel Papst, wir wollen, wir wollen, ... sogleich ans Werk und immerfort dabei!«

Sie sprangen empor, als ginge es mit zwei Schritten in die sibyllinischen Täler hinauf. Aber sogleich fielen sie in die Knie zurück. Denn die Fussketten von Knöchel zu Knöchel hemmten sie noch.

»Nicht zu hitzig, Brüder,« mahnte Sixtus mit einem leisen Anflug von Spass. »Da wollt ihr ja ungesegnet vom Statthalter Christi rennen und habt doch den Segen nötiger als irgend eine arme Seele. Empfanget ihn jetzt wie brave Christen, das übrige«, er wies auf die Fesseln, »wird sich dann leicht machen.«

Darnach empfingen sie unter Fackelschein und Kettengeklirr demütig den apostolischen Segen. Die sozusagen mitgesegneten Fusseisen legten sie der Madonna daheim zu Füssen, und wenn man später in den Abruzzen »Maria von den Ketten« sagte, wusste der hinterste Mensch, was da für ein Gnadenbild gemeint sei.

Und nun ward landauf, landab eine grosse Sühne mit Gertel und Axt geleistet. Das nötige Geld und Geschirr, Gesäm und Zugtier schenkte der Papst, und droben von Spoleto und Foligno weg bis unter die erstaunten Steingesichter der Sibyllen ging ein Geschaufel und Gehämmer los, als müsste man in unseres Herrgotts Taglohn ein zweites Paradies für ein neues Menschentum einrichten.

Ein Paradies erblühte nun gerade nicht. Auch blieb es beim Adam und der Eva der alten Weltordnung. Doch ward die finstere Wildnis zu einem gedeihlichen Milch- und Obstland umgeschaffen und auch die dunkle Seele dieses Menschenschlages nahm ein zahmeres und helleres Wesen an. Die Männer wurden weiblicher, was reichlich not tat, das heisst, sie lernten nach dem herzlosen Hammerschlag des Werktages abends mehr und mehr die Süsse des Feierabends, die Erquickung des Weibes und den Segen ihres stillen, guten Herdes lieben. Und die Frauen wurden männlicher, was ebenso dringend geboten schien, das heisst, sie zogen keine Hosen an, sondern klopften vielmehr die Hosen ihrer vier- und sechzehnjährigen, schon flaumbärtigen Buben nach jedem Übermut noch weidlich durch. Diese Frauen merkten, je grösser der Garten, je schwerer der Kellerschlüssel und je appetitlicher die Küche wurde, auch immer greifbarer, was sie in Wahrheit zu bedeuten hätten, und die wackere und kettensprengende Tat der Madonna, die doch auch eine ihres Geschlechtes war und alles Mannesvermögen nur mit einem Lüftlein ihres Schleiers übertrumpft hatte, gab den Abruzzinnen noch den letzten und besten Stoss aus dem ehemaligen Mägdetum heraus in ein achtbares und kräftiges, wenn auch immer noch durch Rock und Zopf und andere Vorsicht der Natur im Tempo geregeltes Mitregententum.

Kaum was Sesto wieder im Land, so stellten sich auch gleich die alten Rauf- und Raubgesellen unter ihren geliebten, alle überragenden Häuptling, um Segen zu säen, wie sie früher gefrevelt hatten. Dolch und Degen wurden jetzt buchstäblich in friedliches Feldgerät umgegossen, wie es in der Bibel steht. Wo man mit einem wilden Baron oder Bergtyrannen seine Abenteuer ausgefochten hatte, da focht man jetzt mit einem herrischen Wildwasser auf Tod und Leben. Und wo man eine geizige Krämerbande bis auf die Nähte ausgeplündert hatte, da raubte man jetzt die noch viel geizigere Erde bis auf den Grund aus. Und was man so oft aus verriegelten Palästen gestohlen, das holte man jetzt an Metallen und Kristallen aus kostbaren Steinbrüchen. So geschah es, dass, wo einst viel gehungert worden, man guten eigenen Wein und selbstgebackenen Fruchtkuchen genoss und am Sonntag von geräucherten Hammelkeulen seine nicht zu sorglich bemessene Portion schnitt oder zum Vespertanz der hübsch gekleideten Töchter und Söhne Romanzen sang vom Jüngling di Lossa, vom treuen Paar Rufa und Brigone aus Nursia und andere Sagen, und dass einer die Gitarre dazu zupfte oder den göttlichen Dudelsack blies. Und man durfte wohl so festlich tun. Denn wenn einer vom hohen, heimatlichen Bergfenster in die Täler hinabschaute, da sah er das liebe Land blau von Wald und gelb von Korn und grün von Gärten und selig vom Lachen der Menschen.

Auch der alte da Dia nahm auf seine Weise an den Fortschritten der Kultur teil. Er ward nämlich Kanonikus von Spoleto und fuhr von Zeit zu Zeit in einem sehr langen und sehr violetten Prälatenmäntelchen nach Surigno hinauf zu seinem ehemaligen Pfarrer, der ihn früher immer ein bisschen als seinen Untergebenen geplagt und beim gemeinsamen Mittagessen mit einem geringern Wein hatte bedienen lassen, aber ihm jetzt als einem viel Höhern unter die Haustüre entgegen gehen und jedesmal einen Ehrenwein kredenzen musste. Diese Bosheit hätte man da Dia nicht zugetraut. Es war auch seine einzige.

Paritondo blieb wohl ein kleines Dorf. Wie könnte man sich so hoch am Fels oben zu einer Grosstadt ausbreiten? Und ist das nötig? Genug, dass seine Wohnungen schmucker wurden, und seine einzige Gasse ein Pflaster bekam, worauf die sechzig Holzschuhe der Kinder und die sechsmal sechzig Ziegenhufe wundersam in der Morgenfrühe durcheinander dorfaus klapperten. Auch wuchs hinter jedem Haus ein Garten mit Kürbissen und wilden Trauben und Kirschen. Und die Buben brauchten am Samstag – denn früher taten sie es auch nach dem grossen Wandel der Dinge nicht! – ihren Strubelkopf nicht mehr im Paritonder Bach zu waschen, sondern sie tauchten ihn mitsamt seiner blitzäugigen Schlingelhaftigkeit von nun an bis tief zum Halszäpfchen in einen grossen siebenröhrigen Brunnen vor dem Kirchlein. Aber das feinste von allem war doch, dass die Madonna wieder ihren Lilienschleier trug.

Sixtus V. aber kränkelte drunten im heissen Rom ganz insgeheim immer etwas ernstlicher und starb dann etliche Monate später eines ziemlich raschen und für die meisten Römer unerwarteten Todes, nachdem er noch bis in die letzten Tage gehofft hatte, doch noch das grosse, aber immer noch so ferne Jubeljahr 1600 ankündigen zu dürfen, wo es weder Rad noch Galgen, aber viel Verzeihung geben sollte. Er hatte kaum sechs Jahre, aber freilich gewaltig mit den Petrischlüsseln geklirrt. Da kränkte es ihn denn doppelt, dass dennoch in den letzten Zeiten in Rom herumgemunkelt und von den Höfen hin- und hergeschrieben wurde, auch dieser Papst übe das Ansehen der Person und drücke zur Sünde seiner Lieblinge geduldig ein Auge zu. Aber er tat nichts dagegen, vielleicht weil er es als Strafe für frühere Überstrenge hinnahm, vielleicht auch ahnte er doch wie alle grossen Menschen manchmal, wie nahe ihm schon der allmächtige Schnitter sei, ob er auch immer noch wie drei Gesunde im Weltacker säte und pflanzte und reutete.

In seinen letzten Stunden umnebelten ihn die Fieber zum erstenmal in seinem so kühlen Verstandesleben und da meinte er zwischen dem Stempel der Kanzlisten und dem Kutschenrollen der

Ambassadoren und dem Geknister der Kardinalschleppen etwas zu hören, was ihm jetzt tausendmal schöner klang: das Korn der Abruzzentäler wogen, den Ölbaum bis zu den Gräten der Apenninen rauschen und die Kelter der spoletanischen Dörfer an allen Enden klappern.

Er lag am gewohnten Fenster seines Schreibzimmers, und durch die Wirrnis der letzten Züge, wo es wie vielerlei Wolken vor seinen Augen auf– und niederflatterte, meinte er immer etwas Hohes, Gipfliges, Schimmerndes zu sehen.

War es denn dieser ewige, nachgerade langweilige Obelisk vor den Fenstern?

Oder war es eine Zinke der Abruzzen? So oft er näher zusehen wollte, schossen neue Nebel ins Bild und überbordeten alles. Aber jetzt, blick' schnell hin, öffnete sich das Gebräue ein wenig. Wirklich, er stand auf einem wolkenumbrandeten Berg und sah bald da, bald dort durch einen tiefen Schlitz wohlbekannte und doch schon so ferne Stätten. Eja, das war ja die Vergangenheit. Sie wollte sich noch einmal in der grossen Seele dieses Mannes abspiegeln, ehe sie sich wieder für lange mit tausend kleinen Scherbenbildchen begnügen musste. Aber durch jede Aussicht schimmerte dem sterbenden Papst immer geheimnisvoll dieses Hohe, Helle, Spitze wie ein gewaltiger Finger entgegen.

Es grüsste jener junge Tag zu ihm herauf, wo ihn die Brüder zum Prior von Montalto erkoren. Ach ja! Das ist nun wohl das spitze Klostertürmchen ... Oder ist es noch die spitzere Zypresse, die Sesto jetzt wie einen König unter das Krüppelgehölz der Abruzzen pflanzt? ... Und nun kommt der Tag, da Sixtus Bischof von Sant' Agatha wird. Ecco, das ist ja das Spitze: eine doppelgehörnte silberdurchwirkte Inful, die ihm der Kardinal von Bologna damals aufs gesalbte Haupt setzte ... Oder, oder? Ist es am Ende nicht eher die Zipfelmütze des übermütigen Poz'do oben bei den Sibyllen ... Riverenza, da naht als prachtvolles Finale der Tag, wo ihm die Tiara aufgelegt wurde, diese Kronenkrone mit ihren Triumphen über die drei Heinriche Frankreichs, aber auch mit ihren nutzlosen Winken an die blonde, treulose Tochter Englands; mit ihren Eroberungen im Osten der Welt, aber auch mit ihren Verlusten im Norden Europas; diese Krone voll Sieg und Niederlage, voll Schimpf und Ehrenmal, dieses Ärgernis und diese Glorie der Welt. Ist es wohl diese Kronenkrone, die so licht über sein Fieberbett emporragt, oder ist es nicht vielmehr ein schlanker, zarter Madonnenkopf mit einem wehenden Schleier und dem Willkommen: Ave, Papa, ave figlio mio!?

Nein, das ist nicht mehr Fieber, er hört das wirkliche römische Aveläuten. Hundert Glocken singen es über- und untereinander. Ave hier, Ave dort, Ave von allen Winden. Das zwitschert durch die dunkelnde Luft wie von unzähligen Engelchen, alles kleinen liliengrüssenden Gabrielenengelchen, die das Gutnacht der Himmelskönigin und ihres Kindes der Menschheit in die Finsternis hinabspedieren müssen. Ein süsses, federleichtes, seliges Ave! Und die Menschen geben es zurück, hängen es jedem der Geisterchen an die Schwinge. Aber es ist ein anderes, von Erde beschwertes, dunkles, flehendes Ave, so dass die Gabrielchen es viel langsamer hinauf- als hinuntertragen. Ave Maria, gratia plena! ... Voll der Gnaden! O Gott, wie ist der eiserne Mann, dem selbst der Tod kaum ein Tröpflein Schweiss aus dem Stirnhaar treibt, wie ist er doch jetzt um jedes einzelne Fünklein Gnade froh, das er im Leben entzündet hat, zehntausendmal froher, als wenn er alle Obelisken Ägyptens nach Rom geschleppt oder sogar das heilige Land erobert hätte! Gratia plena! Ahi, wenn er jetzt nochmals von vorne anfangen könnte, dann wollte er Sixtus der Gnädige heissen. Das bleibt ja nun doch von allem Getöse allein übrig und gilt allein noch: die Gnade.

Immer höher sieht er das Madonnenantlitz, immer weisser den Schleier. Es geht in die obersten Wolken und saust und braust ihm ins Ohr wie Wind der Ewigkeit. Er hört nichts mehr von Welt, verliert Halt und Stand und jedes Gefühl, schliesst schwindelnd die Augen und schaudernd die Seele und versucht nur noch ein letztes Mal mit den halbstarren Lippen zu betteln. Gratia!

Ein Kanonenschuss von der Petersburg, schwarze Fahnen von allen Giebeln. In der Sixtinischen Kapelle ruft der Kardinal Camerlengo: »Betet für unsern verstorbenen Papst Sixtus den Fünften!...« »Der Herr gebe ihm die ewige Ruhe!« antwortet der purpurne Chor und murmelt es weiter endlos durch die grosse hirtenlose Herde der Welt.

Das ist die Geschichte von Sisto und Sesto, und ich habe weiter nichts beizufügen, als dass Sesto nicht bloss Sisto, sondern noch drei

Päpste überlebte, so gut und gesund haushaltete er. Poz'do aber
überlebte sieben Päpste und drei tüchtige Ehefrauen und war als
Witwer unter den siebzig Kindeskindern immer noch derjenige
Peretti, der am schnellsten bergauf sprang, am sichersten auf den
fliegenden Häher schoss, allein von allen, ohne auf die Zehen zu
stehen, ans Kirchendach langte, aber auch am Sonnabend mit dem
tiefsten und frömmsten Bass aller Abruzzenbässe der Jungfrau im
Schleier die Litanei vorsang.

Über tredition

Eigenes Buch veröffentlichen

tredition wurde 2006 in Hamburg gegründet und hat seither mehrere tausend Buchtitel veröffentlicht. Autoren veröffentlichen in wenigen leichten Schritten gedruckte Bücher, e-Books und audio-Books. tredition hat das Ziel, die beste und fairste Veröffentlichungsmöglichkeit für Autoren zu bieten.

tredition wurde mit der Erkenntnis gegründet, dass nur etwa jedes 200. bei Verlagen eingereichte Manuskript veröffentlicht wird. Dabei hat jedes Buch seinen Markt, also seine Leser. tredition sorgt dafür, dass für jedes Buch die Leserschaft auch erreicht wird.

Im einzigartigen Literatur-Netzwerk von tredition bieten zahlreiche Literatur-Partner (das sind Lektoren, Übersetzer, Hörbuchsprecher und Illustratoren) ihre Dienstleistung an, um Manuskripte zu verbessern oder die Vielfalt zu erhöhen. Autoren vereinbaren direkt mit den Literatur-Partnern die Konditionen ihrer Zusammenarbeit und partizipieren gemeinsam am Erfolg des Buches.

Das gesamte Verlagsprogramm von tredition ist bei allen stationären Buchhandlungen und Online-Buchhändlern wie z. B. Amazon erhältlich. e-Books stehen bei den führenden Online-Portalen (z. B. iBookstore von Apple oder Kindle von Amazon) zum Verkauf.

Einfach leicht ein Buch veröffentlichen: **www.tredition.de**

Eigene Buchreihe oder eigenen Verlag gründen

Seit 2009 bietet tredition sein Verlagskonzept auch als sogenanntes "White-Label" an. Das bedeutet, dass andere Unternehmen, Institutionen und Personen risikofrei und unkompliziert selbst zum Herausgeber von Büchern und Buchreihen unter eigener Marke werden können. tredition übernimmt dabei das komplette Herstellungs- und Distributionsrisiko.

Zahlreiche Zeitschriften-, Zeitungs- und Buchverlage, Universitäten, Forschungseinrichtungen u.v.m. nutzen diese Dienstleistung von tredition, um unter eigener Marke ohne Risiko Bücher zu verlegen.

Alle Informationen im Internet: **www.tredition.de/fuer-verlage**

tredition wurde mit mehreren Innovationspreisen ausgezeichnet, u. a. mit dem Webfuture Award und dem Innovationspreis der Buch Digitale.

tredition ist Mitglied im Börsenverein des Deutschen Buchhandels.

Dieses Werk elektronisch lesen

Dieses Werk ist Teil der Gutenberg-DE Edition DVD. Diese enthält das komplette Archiv des Projekt Gutenberg-DE. Die DVD ist im Internet erhältlich auf **http://gutenbergshop.abc.de**